Tucholsky   Wagner   Zola   Scott   Sydow   Freud   Schlegel

Turgenev   Wallace   Fonatne

Twain   Walther von der Vogelweide   Fouqué   Friedrich II. von Preußen

Weber   Freiligrath

Kant   Ernst   Frey

Fechner   Weiße Rose   von Fallersleben   Frommel

Fichte   Richthofen

Hölderlin

Engels   Fielding   Eichendorff   Tacitus   Dumas

Fehrs   Faber   Flaubert

Eliasberg   Ebner Eschenbach

Feuerbach   Maximilian I. von Habsburg   Fock   Zweig

Ewald   Eliot   Vergil

Goethe   Elisabeth von Österreich   London

Mendelssohn   Balzac   Shakespeare   Dostojewski   Ganghofer

Lichtenberg   Rathenau   Doyle   Gjellerup

Trackl   Stevenson   Hambruch

Mommsen   Tolstoi   Lenz   Droste-Hülshoff

Thoma   Hanrieder

Dach   von Arnim   Hägele   Hauff   Humboldt

Verne

Karrillon   Reuter   Rousseau   Hagen   Hauptmann   Gautier

Garschin

Defoe   Baudelaire

Damaschke   Hebbel

Descartes

Hegel   Kussmaul   Herder

Wolfram von Eschenbach   Schopenhauer

Darwin   Dickens   Rilke   George

Bronner   Melville   Grimm   Jerome

Campe   Horváth   Aristoteles   Bebel   Proust

Bismarck   Vigny   Voltaire   Federer   Herodot

Barlach   Heine

Gengenbach

Storm   Casanova   Tersteegen   Grillparzer   Georgy

Gilm

Chamberlain   Lessing   Langbein   Gryphius

Brentano   Lafontaine

Strachwitz   Claudius   Schiller   Kralik   Iffland   Sokrates

Schilling

Katharina II. von Rußland   Bellamy

Gerstäcker   Raabe   Gibbon   Tschechow

Löns   Hesse   Hoffmann   Gogol   Wilde   Vulpius

Gleim

Luther   Heym   Hofmannsthal   Morgenstern

Roth   Klee   Hölty   Goedicke

Luxemburg   Heyse   Klopstock   Kleist

Puschkin   Homer

La Roche   Horaz   Mörike   Musil

Machiavelli

Navarra   Aurel   Musset   Kierkegaard   Kraft   Kraus

Nestroy   Marie de France   Lamprecht   Kind   Kirchhoff   Hugo   Moltke

Laotse   Ipsen   Liebknecht

Nietzsche   Nansen   Ringelnatz

Marx

von Ossietzky   Lassalle   Gorki   Klett   Leibniz

May   vom Stein   Lawrence   Irving

Petalozzi   Knigge

Platon

Sachs   Pückler   Michelangelo   Kock   Kafka

Poe   Liebermann

de Sade   Praetorius   Mistral   Zetkin   Korolenko

Der Verlag tredition aus Hamburg veröffentlicht in der Reihe **TREDITION CLASSICS** Werke aus mehr als zwei Jahrtausenden. Diese waren zu einem Großteil vergriffen oder nur noch antiquarisch erhältlich.

Symbolfigur für **TREDITION CLASSICS** ist Johannes Gutenberg (1400 — 1468), der Erfinder des Buchdrucks mit Metalllettern und der Druckerpresse.

Mit der Buchreihe **TREDITION CLASSICS** verfolgt tredition das Ziel, tausende Klassiker der Weltliteratur verschiedener Sprachen wieder als gedruckte Bücher aufzulegen – und das weltweit!

Die Buchreihe dient zur Bewahrung der Literatur und Förderung der Kultur. Sie trägt so dazu bei, dass viele tausend Werke nicht in Vergessenheit geraten.

Hunnenblut

Eine Begebenheit aus dem alten Chiemgau

Wilhelm Jensen

Impressum

Autor: Wilhelm Jensen
Umschlagkonzept: toepferschumann, Berlin

Verlag: tredition GmbH, Hamburg
ISBN: 978-3-8424-1324-5
Printed in Germany

Rechtlicher Hinweis:
Alle Werke sind nach unserem besten Wissen gemeinfrei und
unterliegen damit nicht mehr dem Urheberrecht.

Ziel der TREDITION CLASSICS ist es, tausende deutsch- und
fremdsprachige Klassiker wieder in Buchform verfügbar zu
machen. Die Werke wurden eingescannt und digitalisiert. Dadurch
können etwaige Fehler nicht komplett ausgeschlossen werden.
Unsere Kooperationspartner und wir von tredition versuchen, die
Werke bestmöglich zu bearbeiten. Sollten Sie trotzdem einen Fehler
finden, bitten wir diesen zu entschuldigen. Die Rechtschreibung der
Originalausgabe wurde unverändert übernommen. Daher können
sich hinsichtlich der Schreibweise Widersprüche zu der heutigen
Rechtschreibung ergeben.

Wenn der Inn, und ungefähr zehn Meilen östlich von ihm sein größter Zufluß, die Salzach, aus den letzten Alpenbergen hervorbrechen, wendet die letztere sich nordwärts, der erstere sich in einem Halbbogen nach Nordosten. So münden sie zusammen und halten ein, im ganzen angesehen, keilförmiges Gebiet, ein Dreieck umschlossen, dessen südliche Basis der Alpenrand zwischen den Städten Rosenheim und Salzburg bildet. Dies Dreieck ist der *alte Chiemgau* mit dem größten innerhalb Deutschlands belegenen See, dem Chiemsee. Der Abfluß desselben, die vielgekrümmte, fast immer klar-durchsichtige grüne Alz teilt den Chiemgau in zwei ziemlich gleiche Hälften. Sie nimmt ein paar Stunden unterhalb ihres Austritts aus dem See die von Südosten aus dem Gebirge kommende Traun auf und führt die verbündeten Wasser gen Norden in den Inn.

Hier ist alles Land Menschensitzstätte aus grauer, vorgeschichtlicher Zeit. Kelten bewohnten zuerst die an Hügeln und Niederungen, Wäldern und Wiesen reiche Gegend. Sie errichteten ihrem obersten Gotte Bid oder Bel, der vermutlich in einem Abstammungsverhältnis zu dem Bal-Marodach, dem Sonnengott der semitischen Babylonier, gestanden und die höchsten Naturkräfte, besonders die der Sonne, des Windes und des Wassers in sich vereinigt zu haben scheint, Heiligtümer; es regt den Eindruck, daß die Landschaft um den See den Rang einer vorwiegend geheiligten bei ihnen eingenommen. Mannigfache, aus der Erde gegrabene Überreste haben Kunde davon gegeben; wahrscheinlich entstammt auch der sprachfremde, nicht enträtselbare Name des Klosters Seon einem keltischen Worte *seun*, das ähnliche Bedeutung wie das *allach* der Alamannen, der »Männer eines Heiligtums«, besessen.

Im Anfange unserer Zeitrechnung drangen die Römer hierher über die Alpen vor, unterwarfen die keltische Bevölkerung, mit der sie sich vermischten, legten große Heerstraßen, Lager, Warttürme, Städte und Dörfer an, von denen sich in Unterbauten, wenn auch zumeist schwer erkennbar, noch vielfältiges erhalten. So ward das Gebiet zwischen Inn und Salzach ein Stück der großen, ostwärts sich bis Vindobona, dem heutigen Wien erstreckenden, im Norden von der Donau begrenzten Provinz Noricum. Manche noch jetzt in ihrer ehemaligen Richtung nachweisbare Heerwege, Trümmer von

Wasserleitungen, Bädern, Bauten aller Art, Altäre und Grabdenkmäler reden von jener Zeit. Das Leben in derselben, Handel und Verkehr, waren nicht minder regsam als gegenwärtig, eher dichter gedrängt und geräuschvoller; prächtig blitzten die behelmten Legionen in der Sonne über die Hochebene dahin, hallend und klirrend bezogen die Kohorten ihre Castra an der Donau. Statt der rohen Verkörperung des Bid erhoben sich zwischen griechischen Tempelsäulen kunstvolle Bildnisse des Jupiter und Apollo, der Venus und Diana; als später die christliche Lehre zur römischen Staatslegion wurde, begann sie auch hier ihre Herrschaft. Fast ein halbes Jahrtausend lang verblieb Noricum so, unter straffem Soldatenregiment, in einem Zustand gesetzlicher Ordnung und verhältnismäßiger Gesittung.

Doch das morschgewordene Römerreich zerbröckelte allerenden und brach zusammen. Die Wacht an der Donau vermochte dem Andrang der von Norden herabdrückenden germanischen Völkerstämme nicht länger Widerstand zu leisten. Sie überkreuzten den Fluß, und das Land zwischen Inn und Salzach nahmen, wie neuere Forschungen behaupten, die Markomannen, nach glaubwürdigerer älterer Annahme jedoch die Bojer, ein keltischer Stamm, der bis dahin nördlich von der Donau seßhaft verblieben, in Besitz, nächste Anverwandte der ersten, ursprünglichen Bewohner, so daß die alte Keltenherrschaft sich im Lande erneute. Doch das Jahrhunderte andauernde, unermeßliche Wirrsal der Völkerwanderung trieb überall auch germanische Stammesangehörige, Sueven und Franken, mit hindurch, die sich noch heute in den Ortsnamen, besonders den auf ing und heim (ham) endenden kennzeichnen. Eine Vermischung entstand aus übriggebliebenem romanischem, keltischem und germanischem Blut; die verschiedene Haar- und Augenfarbe der Chiemgauer unserer Tage weist in jene Zeiten zurück. Das siebente Jahrhundert brachte Raubeinfälle der Slawen, das achte solche der Avaren hinzu, und beide hinterließen gleichfalls da und dort ihre Spuren in den nachfolgenden Geschlechtern.

Jetzt aber wirkte das Christentum als zusammenfassende, ordnende Kraft. Es hatte seit den beiden letzten Jahrhunderten der Provinz Noricum in diesem fortbestanden und sich vielfach die hereingebrochenen neuen weltlichen Machthaber dienstbar gemacht; das nach der Schlacht bei Tulicum im Westen aufwachsende

mächtige Frankenreich verhalf ihm zum völligen Siege. Auf den
Resten des altrömischen Juvavum an der Salzach ward der erste
Dom des heiligen Petrus erbaut und das Bistum Salzburg begründet, dessen geistlicher Oberhoheit auch das Land bis zum Inn an-
heimfiel.

Da taucht der Name »Chiemgau« aus dem verworrenen Dunkel, und rasch entwickeln sich staatlich geordnete Verhältnisse. Es erscheinen Herzöge, Grafen und niederer Adel, Lehnsherrn und Lehnsmänner, Freie und Unfreie, weltliche Beamte und Richter und ein geistlicher Stand, der allmählich über alle die Oberherrlichkeit beansprucht und sie durch Verheißungen, Klugheit, List, Gewalt und Banndrohung zu erringen trachtet. Seinem Herrschaftserstreben kommt die Gewissensangst und Gemütsbedrückung der Zeit hilfreich entgegen. Sie ist von der Völkerwanderung her roher, wild-gewalttätiger Art; unter den Besitzenden, den Vornehmen finden sich wenige, die sich nicht oftmals schwerer Sünden, grausamer Handlungen der Habgier, des Hasses und der Rachsucht schuldig gemacht und im Innern vor den dafür angedrohten Strafen des von den Priestern verkündeten Jenseits zittern. Auch den Frauen ergeht es nicht anders, und wenn sie nicht wirkliche Sünden begangen, so zagen sie wegen solcher, die ihnen die Einbildung vormalt. Ein allgemeiner, klug von der Geistlichkeit genährter Drang entsteht und wächst immer gewaltiger an, sich durch freiwillige Hingabe irdischen Besitztums an die Kirche möglichst von den bösen Erwartungen nach dem Tode loszukaufen. Denn was den Dienern Gottes geopfert wird, nimmt dieser selbst in Empfang und vergilt es mit Nachsicht. Die Lebenden beeifern sich, solche Gaben darzubringen, noch mehr aber die Sterbenden, die von ihrem Reichtum keinen heilsameren letzten Gebrauch zu machen vermögen, als ihn testamentarisch geistlichen Anstalten zu übermitteln. Schwärmerei der Einfalt und Ekstase überreizter Nerven gesellten sich tausendfältig drein, und Grundbesitz, Fronbauern, Geld, Edelsteine, Gold- und Silbergeräte flossen in unabsehbaren Mengen den irdischen Vertretern Gottes und Fürsprechern bei seiner Barmherzigkeit zu. Altäre, Messen und kostbare Meßgewänder wurden gestiftet, Kirchen und Kapellen erbaut, vor allem Klöster begründet und begabt. Denn nichts erschien der Zeit gottgefälliger und darum die Zwecke des Gebers sicherer erzielend, als die Herstellung großer gemeinsamer Wohnstätten für gebetseifrige Mönche und Nonnen, welche die Sorge für ihr leibliches Wohlergehen, die notwendige Bedingung ihrer auf das ewige Leben verwendeten, fürbittenden Wirksamkeit einschloß.

So entstanden rasch überall an gesicherten, schön und in fruchtbarer Umgebung belegenen Stellen Klöster, die mit unglaublicher Schnelligkeit ihr Besitztum an Land und Leuten, Zehnten und Fronden oft weithin ausdehnten. Nicht am wenigsten aber im Chiemgau, dem unmittelbar vom Bistum Salzburg geistlich behüteten. Zahlreiche Klöster erhoben sich hier als die frühesten in deutschen Landen: Ötting, Meglingen, Seon, Baumburg, Herren- und Nonnenwörth, Högelwörth, St. Zeno bei Reichenhall, Berchtesgaden, tief im Gebirge, und manch andere noch. Wo die wasserreiche Gegend es ermöglichte, ward die Anlage, wie schon mehrere der Namen besagen, auf einer Sicherung bietenden Insel bewerkstelligt.

Denn des irdischen Schutzes bedurften als erwünschter Zugabe zu dem über ihnen waltenden göttlichen auch die Klöster. Wohl hatte sich ein bojoarisches Herzogtum gebildet, dem auch der Chiemgau angehörte, und Mark- und Pfalzgrafen in letzterem trachteten seit dem achten Jahrhundert als herzogliche Beamte weltliches Gesetz, Recht und Ordnung zur Geltung zu bringen. Doch waren zuweilen diese Hüter der öffentlichen Sicherheit selbst recht fragwürdiger Natur, und außer ihnen gab es gar manche Leute, die sich vor dem ernsthaften Herandrohen eines unseligen Endes aus Gott und Teufel nicht allzuviel machten, sondern das, wonach ihr Gelüst stand, wenn die Macht ausreichte, sich mit Gewalt aneigneten. Die Habgier der weltlichen Herren ging nicht minder um, als die des Clerus, und bediente sich ihrer Mittel zum Rauben, Plündern und Brandschatzen, das keineswegs immer vor dem Eigentum und den gottgeweihten Mauern der Klöster kehrt machte. Denn auch im Chiemgau hatten sich vielfältig auf Felswänden oder steilen Höhen trotzige Bollwerke des gemeinen Adels festgenistet, unersteigbare Horste, in welche die Räuber ihre Beute hineinschleppten und lachend sich weder um Grimm und Fluch der Kirche, noch um Zorn und Waffen der Herzöge und Grafen, selbst der neuen Kaiser des Reiches bekümmerten.

Die beiden ältesten Klöster des Chiemgaus hatten sich die von der Natur am besten gesicherten Stellen desselben, zwei Inseln inmitten des großen Chiemsees, ausgewählt. Dort begründete schon gegen den Schluß des achten Jahrhunderts Herzog Thassilo zwei Monasterien, auf der größeren Insel ein Mönchskloster des Benediktinerordens, auf der kleineren ein demselben Orden angehörendes Frauenkloster. Inseln und Klöster erhielten danach die Namen Herrenwörth und Nonnenwörth. Eine Seebreite trennte sie, die ein Boot in einer halben Stunde überruderte.

Herrenwörth war von beträchtlichem Umfange, langgedehnt, zum größten Teil von tiefem, undurchdringlichem Urwald bedeckt. Ziemlich in der Mitte staffelte es sich mit felsigem Untergrunde zu einer mäßigen Erhöhung an, auf der das betürmte mächtige Klostergebäude errichtet ward. Weithin blickte dies über den See in die Lande; die Verbindung mit dem Festlandsufer fand durch »Einbäume« statt, Boote der ältest-ursprünglichen Art aller Wasserfahrzeuge, aus einem mächtigen Baumstamm gehöhlt. Schwerfällig, doch sicher, von breiter Ruderschaufel zugleich bewegt und gesteuert, erreichten sie auch bei Wind und Wellengang ihr oft fernes Uferziel. Rasch stieg das Kloster zu hohem Ansehen; schon sein erster Abt Dobda, aus Irland herstammend, zeichnete sich durch Gelehrsamkeit und ungewöhnliche Kenntnis der griechischen Sprache aus. Er zog bildungsbeflissene Jünger herbei und sein Wohnsitz gestaltete sich zu einer vielbesuchten Gelehrtenschule. Regsame Geistestätigkeit belebte das Kloster, das durch Karl den Großen dem Erzbistum Metz, dann gegen den Schluß des neunten Jahrhunderts durch den König Arnulf dem Erzbistum Salzburg zugeteilt ward.

Mit der Breitseite Herrenwörth zugewendet, klein und schmal, kaum mehr als zehn Minuten im Umfang haltend, weiter östlich in den See gerückt lag die Insel Nonnenwörth. Die südliche Hälfte nahm das von grauem Gemäuer umschlossene Kloster ein, auf der nördlichen siedelte sich allmählich ein Fischerdörfchen an. Eine stille, heimlich-friedfertige Welt war's, wie die Sonne bei ihrer Tageswanderung kaum eine zweite gewahren mochte. Leise gluckten die glitzernden Wellen ringsum an den von silbergrauen Weiden umgürteten Strand; in der Mitte des kleinen Eilandes wuchsen frühzeitig angepflanzte Lindenbäume hochwipflig auf, die ganze

Insel bot keine anderen Farben als Grau und Grün. Nach dreien Seiten gingen die Klostermauern bis dicht an den Uferrand, nur ein schmaler Fußweg umbog sie noch. Von ihm, wie aus den Fenstern drüber schwelgte der Blick in einer der herrlichsten Weitsichten aller deutschen Gaue.

Im Halbbogen, wohl an zwanzig Meilen lang, stiegen südwärts die mächtigen, hundertfach gegipfelten Vorkuppen der Alpen empor; die zunächst den See umgebenden schienen senkrecht in diesen herabzufallen, da und dort von gewaltigen Felskronen und Zinnen überwölbt, die oft in der Abendsonne, wie im Brand auflodernd, erglühten. Nach den anderen Richtungen dehnte der See sich mit schimmernder Weite flachen oder nur leis gehügelten Ufern zu. Doch mehr und mehr begannen im Fortgang der Jahre auch an ihnen helle Punkte aufzuleuchten und herüberzunicken, Häuseransiedelungen an Stellen, wo einst schon die Römer sich zum Fischfang niedergelassen. Sie vergrößerten sich zu Weilern und Dörfern mit Namen – Breitbrunn, Gestad, Seebruck, Chieming, Grabenstätt, Uebersee, Bernau, Prien – Kirchtürme hoben sich aus ihnen auf, und in der Morgenfrühe, der sonnigen Mittagsstille und der Abenddämmerung kam, über die weite Wasserfläche fernher grüßend, das verzitternde Geläut ihrer Glocken zur Fraueninsel herüber. Auch hier lagen die Einbäume in kleinen Hafenbuchten am Strand, doch von den Nonnen kaum anders benutzt, als um zu einer nahen dritten Insel des Sees, der Künzelsau, hinüberzufahren. Eine winzige, leis aufgehöht baumlos im Wasser schwimmende Erdscholle, diente diese, später auch Krautinsel genannt, dem Kloster zum Anbau seines Gemüses.

Nonnenwörth hatte schon von seiner Gründung an unter dem besonderen Schutz der deutschen Kaiser gestanden, und im neunten Jahrhundert setzte König Ludwig der Deutsche dort seine Tochter Irmgard als Äbtissin ein. Das Kloster hieß seitdem ein königliches, ward vielfach von Jungfrauen aus vornehmen Geschlechtern als Stätte ersehnter Weltabgeschiedenheit ausgewählt, und die Äbtissinnen, die nur dem Adel entstammen durften, trugen bei hohen Feieranlässen eine Königskrone auf dem Schleier.

So ragten die beiden Klöster länger als ein Jahrhundert in stillem Frieden aus dem See empor. Manches an Seelen- und Herzenskämpfen mochte verschwiegen in ihnen durchstritten und durchlitten werden, doch blutiger Streit und Waffengetöse der drüben oft wild umtobenden Zeit ließen sie unberührt, drangen nur als fremde Kunde zu ihnen hinüber. Sicherer als die stärksten Mauern schirmte der breite Wassergürtel sie vor einem räuberischen Überfall; es hätte für einen solchen hundertfacher Anzahl frecher, todestrotziger Gesellen bedurft, denn die Mönche auf Herrenwörth waren wehrkräftige Leute, die beeifert gewesen wären, nicht nur sich selbst zu verteidigen, sondern ebensowohl ihre Ordensschwestern zu beschützen, und zweifellos hätten tollkühne Angreifer keine Beute zurückgebracht, vielmehr bis zum letzten ihren Untergang im See gefunden. So bestand ein freundliches Nachbarverhältnis zwischen den beiden Klöstern, den Brüdern und Schwestern. Die geschäftige Nachrede der Welt dichtete nach ihrer Art ihnen engere Bezüge an, und früh fabelte die Sage von einem Gange, der unter dem Wasser hindurch von Herrenwörth nach Nonnenwörth hinüberführe. Doch wer den See, die Entfernung zwischen beiden einmal mit Augen gesehen, mußte die sinnlose Torheit solcher Vorstellung erkennen. Sie entsprang vermutlich einem wundersamen, ungefähr zwei Stunden nördlich vom See an der Traun, nah vor ihrer Einmündung in die Alz – oder Taga, wie diese noch mit ihrem keltischen Namen genannt wurde – belegenen Bau. Dort hatte zu grauen Vorzeiten das Wasser in einer senkrechten Felsuferwand über dem Fluß große Höhlungen ausgewaschen, die wahrscheinlich den ersten Bewohnern der Gegend schon als Zufluchtsstätten gedient und später von den Römern als Unterkammern eines Wartturms noch zweckdienlicher hergerichtet worden. Dann war aus seinen Trümmerresten – niemand wußte mehr wann – eine Burg aufgewachsen, in der seit Menschengedenken ein wildes, raubgieriges Geschlecht hauste, das sich für seine Beutezüge dachsstollengleich stundenweite unterirdische Gänge nach mehrfachen Richtungen durch die Erde gegraben. Ein mit Ringmauern, Gräben, Türmen und Zugbrücken umgürtetes und überwölbtes unangreifbares Felsloch war's, und die Insassen nannten sich danach *de Lapide*, vom Stein.

Da kam's im Beginn des zehnten Jahrhunderts einmal, wie wenn nach schwülbrennendem Sommermittag am Himmelsrand eine schwarze Wolkenbank heraufrückt. Nur drohte es nicht gleich den meisten Unwettern aus Westen her, sondern von Osten, doch aus der Ferne schon warnendes Gefunkel und Gedröhn voraussendend, ehe der Sturm verheerend hereinbrach. Flüchtlinge irrten schreiend und jammernd vor ihm auf und rissen die Landbewohner des Chiemgaus in panischer Angst mit sich westwärts davon. So wälzte es sich gleich zusammengedrängt fliehenden Tierrudeln über den Inn.

Ähnlicher aber noch als eine Wetterwolke war das anstürmende Unheil einem sonnenverdunkelnden Schwarm von Heuschrecken. Wie ein solcher kam's daher, zu Hunderttausenden, mit gierigen Freßzangen Verwüstung hinter sich lassend, gleich jenen, nur jede in riesiger Gestalt, in Menschengröße. Eine ungeheure wilde Raubmasse aus dem Innern Asiens, die Hunnen oder Magyaren, Nachkommen der ersteren, schon vor vier Jahrhunderten in Deutschland eingebrochenen, waren es; wie sturmgepeitscht jagten sie unzählbar auf sattellosen Pferden heran. Ein warnendes Brausen lief vor ihnen auf, doch oft zu spät für die Bedrohten, die das Verderben schon gepackt hielt, ehe sie die Flucht zu ergreifen vermocht. Andere verschmähten solche; die Grafen und Herren auf ihren festen Sitzen glaubten Widerstand leisten zu können, und einigen gelang dies. Wo der Ansturm zu viel Zeit erforderte, das Felsnest zu wenig Beute verhieß, machte der drängende Schwarm nicht zu dauernder Belagerung halt, sondern trieb ablassend vorüber. Die meisten Burgen indes überwältigte, erstickte er gleichsam im ersten Anlauf. Der Tod riß in die unermeßliche Masse keine Lücken; ob Hunderte fielen, wälzten sich über ihre Leichen Tausende nach, welche ihr Ziel erreichten, Felssturz und Mauer erklommen. Feuersäulen loderten auf, und rauchender Schutt blieb hinter den gen Westen weiter Jagenden zurück. Gleich einer tollen, wirbelnden Windsbraut war's gekommen und gegangen.

Wie die Hunnen an das östliche Chiemseeufer anprallten, stutzten sie. Eine so mächtige Wasserbreite war ihnen auf ihrem Zuge noch nicht begegnet, sie erkannten, daß sie nicht nach ihrem Brauch mit den Pferden hindurchschwimmen konnten, und bogen seitwärts nach den Bergen und nach Norden ab, das Hindernis zu umkreisen. Erst als sie solcherweise zur westlichen Seeseite gelangten, fielen die Inseln mit ihren betürmten Bauten ihnen in die Augen, weckten Vermutung besonderer Kostbarkeiten und Begier danach. Doch selbst von den nächsten Festlandsrändern war es breit hinüber, und eine Weile hielt die wilde Horde unschlüssig Rat. Aber dann krachte es tausendfältig in den alten Fichtenwäldern, zahllose Hände schleppten umgefällte Stämme zum Strand und verflochten sie zu gewaltigen Flößen. Die Geschäftigkeit eines Ameisengetümmels war's, in wenig Stunden beginnend und vollbringend. Da überwimmelte es von Breitbrunn und Gestad her das blinkende Wasser mit schwarzmähnig-gelbgesichtigen Gestalten, ein manch tausendköpfiger Schwarm, der sich zerteilte, hierin die Flöße nach Herrenwörth, dorthin nach Nonnenwörth trieb. Mit Geheul begleiteten vom Ufer Weiber und Kinder die zu Wasserspinnen umgewandelte Heuschreckenmasse; die kleinen, blitzäugigen Pferde witterten und wieherten über den See.

Mancher Hunnenschädel, von Schwert und Beil der sich verzweifelt wehrenden Mönche zerspalten, mag auf Herrenwörth verwittert sein, doch die ungeheure Überzahl machte Mut und Tapferkeit zuschanden. Binnen kurzem schlugen von beiden Inseln die Flammen auf, begruben die bis zum letzten gefallenen Verteidiger unter Glut, Asche und Schutt. Auf der Fraueninsel hatten nur ein paar Fischer vergeblich Widerstand zu leisten versucht, die Mehrzahl der Nonnen drängte sich betend in der Kirche zusammen und fand dort gemeinsamen Untergang. Andere stürzten sich freiwillig in den See, wenige unternahmen es, über diesen zu entfliehn. Eine, namens Osila, eine Jungfrau aus edlem Geschlecht, suchte sich so zu retten. Sie war kaum zwanzig Jahre alt, von großer Schönheit und erst seit kurzem wider ihren Willen von Anverwandten ins Kloster gezwungen worden. Der Lebensdrang in ihr stürmte mächtig auf, sie wollte nicht sterben, hatte einen Einbaum erreicht und mühte sich mit ihm von der Insel gen Süden in die Seeweite fort. Ihr noch nicht abgeschnittenes goldgleiches Haar fiel ihr aufgelöst wie ein Mantel bis über die Hüften; ein prächtiges Bild war's, doch in der tief schrägen Abendsonne zu hell in die Ferne glänzend. Ein junger Hunnenhäuptling nahm es gewahr, und er mochte das Haar für wirkliches Gold halten, kostbarer als die Klosterschätze, nach denen seine Stammesgenossen wühlten. Er sprang in den Einbaum eines

tot daneben hingestreckten Fischers und ruderte der Flüchtenden
nach. Wohl unkundig und ungeschickt, doch immerhin mit seiner
wilden Kraft das schwere Fahrzeug besser vorwärts treibend als sie.
So kam er ihr näher, sie sah's, erkannte, auf dem weiten See müsse
er sie einholen. In besinnungsloser Angst lenkte sie der Künzelsau
zu, dorthin besaß sie Vorsprung, konnte das Ufer vor ihm erreichen,
sich verbergen. Es glückte ihr, sie flog ans Land, lief vorwärts. Doch
nirgends ein Strauch, ein Versteck, und hinter ihr sprang der Verfolger aus dem Boot. Sie hatte nicht bedacht, oder nicht gewußt, daß
die Krautinsel nur eine winzige Scholle sei. Höhnend sahen drüben
die hohen Berge ihr ins Gesicht, doch wohin sie lief, war überall
Wasser, in rotem Abendlicht funkelnd, und sie wollte nicht sterben,
das Leben in ihr rang zu übermächtig dagegen. Aber doch mußte es
sein, sie hörte seinen Fuß den Boden schüttern und trat in den See,
das Wasser stieg ihr kalt zum Knie. Da packte sie ein Schauder,
nahm ihr die Besinnung, und kraftgelähmt, ohnmächtig fiel sie mit
dem Kopf ans Ufer zurück. Die Insel Nonnenwörth aber loderte
jetzt wie eine einzige Riesenfackel in die Luft, und ebenso flammte
von der erhöhten Mitte Herrenwörths das Kloster zum Himmel. In
dem blutroten Doppelschein zog das schwarze Ameisengewimmel
mit seiner Beute auf den Flößen wieder gen Westen über den See.
Hastig packte es drüben Weiber und Kinder auf und jagte davon,
dem schon weitergezogenen Hauptschwarm nachzukommen. Wie
aus der Unterwelt heraufsprühende Glut stiegen die Nacht hindurch Feuersäulen aus der Spiegelfläche des Chiemsees, doch kein
Auge gewahrte sie; der Tod hatte jegliches auf den beiden Inseln für
immer geschlossen. Allein am Rande der Künzelsau, wie das erste
Morgengrauen vom Osten kam, regte sich etwas. Mit frosterstarrten
Gliedern richtete Ostla sich langsam halb vom Boden empor; sie
lebte, die einzige in der weiten, verödeten Runde. Sinnverworren
sah sie um sich, ihr war, sie habe dumpf und grausenvoll geträumt.
So saß sie, kurz gepreßten Atems, mit starrendem Blick; dann
durchfuhr ein Schauder sie vom Scheitel zur Sohle und ihr Kopf
sank wieder bewußtlos auf den blumigen Rasengrund nieder. Aber
sie lebte.

Über Inn und Isar bis an den Lech gelangten die Hunnen; dort
traf sie die Vergeltung, die Vernichtung. Sie zerstoben und verschwanden, ebenfalls einem vom Schloßensturm zerschmetterten

Heuschreckenflug gleich; mit ihrem Untergang kehrte die Ruhe über die süddeutschen Lande, über den Chiemgau zurück. Rasch ward, vom Kaiser und Fürsten gefördert, das Kloster auf Nonnenwörth neu erbaut, und reiche Vergabungen flossen ihm von allen Seiten zu. Der königliche Schutz breitete wieder seine Hand darüber, bald erstreckten sich seine Besitztümer um den See und weit ins Gebirge hinein. Freundlich und friedlich spiegelte die Wasserfläche abermals das neugewordene alte Inselbild.

Doch ihm gegenüber blieb Herrenwörth unbelebt und öde in Trümmer versunken, mehr als zwei Jahrhunderte lang. Warum das dortige Kloster nicht wieder auferbaut worden, berichtet keine Überlieferung; es geschah nicht. Statt dessen überwuchs im langen Gang der Jahre, im Wechsel der Geschlechter umher Gerank und Gestrüpp die Mauern und Schutthügel, der Wald kam herangeschritten und spannte Schattenwipfel darüber aus. Selbst ihren alten Namen verlor die Insel im Gedächtnis der Menschen, denn sie ward von den Anwohnern des Sees nur noch »die Au« benannt. Sie war gemieden, und niemand betrat sie, oder der Fischer, der es einmal tat, hielt sich scheu am Rand und machte sich vor Einbruch der Dämmerung eilig davon. Böse Geister gingen in der todeseinsamen Trümmerwelt um, und die Nonne, die der Einbaum in weitem Bogen daran vorbeitrug, schlug hinüberblickend ein Kreuz über Stirn und Brust.

Nun war's um fünf Menschengeschlechter später, ein wenig über die Mitte des elften Jahrhunderts hinaus, und die Jungen wußten von der Hunnenzeit nur noch aus Ammenmären und greisenhaft geschwätzigen Fabelberichten der Uralten, die ihre Großväter davon reden gehört. Im Chiemgau hatte sich vieles zu reichhaltigerer Lebensführung verwandelt, besonders aber das Tal der Alz sich zum Hauptsitz der Vornehmen des Gaus gestaltet. Dort war die Dickichtwildnis von Tagahardingen – dem »Wald an der Taga« – vielfach gelichtet, zu Wiesen und Äckern gerodet worden, und von den steilen Felsufern des Flusses sah, fast eine Gasse bildend, eine lange Reihe großer und kleinerer, oft nah benachbarter Burgen herab. Drei hervorragende Herren hauptsächlich hatten hier schon von alters ihre festen Sitze begründet, Engildio, Thiemo und Megilo, deren Nachkommen im Gange der Zeit ihre Herrschaft mehr und mehr erweiterten. Ihre Burgen hießen jetzt Engildiosberg, Timuntingen und Meglingen, und von diesen war wieder der Inhaber der letzteren an Macht, Reichtum und Ansehen weit über die anderen emporgewachsen. Er nannte sich Pfalzgraf Kuono de Megelingin und Frontenhusen; auch am äußersten Südwestrande des Chiemgaus über dem Inn besaß er auf der Berghöhe eine Burg gleichen Namens Megling und weite Liegenschaft im Tal umher. Doch hauste er zumeist in seinem vornehmen Schloß über der Alz, in der Mitte zwischen den unfernen, im Verlauf des letzten Jahrhunderts entstandenen Ortschaften Trosperg und Altmarkt, bei denen Zollbrücken der von Salzburg nach Regensburg ziehenden Straße, noch der alten aus römischer Zeit, über den Fluß führten. Beide Orte hatten ihren Ursprung aus Anstellungen unter dem Schutz von Burgen genommen; über dem ersteren lag die Trozzeburg des uralten Geschlechtes der Trozza, über Altenmarkt, dem » *forum vetus* « an der Alz, die langgestreckte Baumburg, nahen, doch ziemlich verarmten Anverwandten des Pfalzgrafen Kuono gehörig.

Dieser war ein stolzer, hochstrebender Herr, emsig bemüht, die Herrschaft, die einstmals seinem Sohn Kuonrat anheimfallen sollte, zu vergrößern, doch mehr noch bedacht, durch seine einzige Tochter Adelhard den Glanz seines Hauses über allen im Chiemgau zu erhöhen. Was an Überlieferung der Zeit von ihr spricht, stellt einmütig sie als das Holdseligste an Jungfrauenschönheit dar, das je gesehen worden, und begründet die Absicht und Zuversicht ihres

Vaters, durch sie einen Sohn des bayrischen Herzogs als Eidam zu gewinnen, seinen Enkel mit einer Krone auf dem Haupt zu sehen. Doch noch zählte Adelhard von Megling erst sechzehn Jahre, und er verschob es, sie an den herzoglichen Hof nach Landshut zu führen. Auch nahm die Ordnung mancher mit Verdruß und Zwistigkeit verknüpften Angelegenheiten ihn für den Sommer in Anspruch. Auf der nachbarlichen Burg Baumburg über Altenmarkt sah es mißvergnüglich und wenig Vertrauen weckend aus. Dort war ein Vetter Kuonos, der fromme Graf Sighart, gestorben, der Kapellen gestiftet und viel von seinem Besitztum an die Kirche vermacht, und hatte sieben, ihm an Sinnesart nicht ähnlich geartete Söhne hinterlassen. Sie nagten nicht gerade am Hungertuch, doch besaßen sie weniger, als ihr Gelüst begehrte, und suchten dies Mißverhältnis zwischen Habe und Wunsch, wenn sich eine Gelegenheit bot, auszugleichen. Das geschah allerdings zunächst auf Kosten der Bauern, Hirten und Fischer des Umkreises, aber diese waren Hörige oder Schutzverwandte der Burgherren an der Alz, so daß es dadurch zwischen den letzteren und den gewalttätigen Brüdern zu mancher Mißhelligkeit kam, die der Pfalzgraf Kuono für die Söhne seines Vetters oft nur mit Mühe beilegen konnte. Und obendrein fehlte es ihm nicht an Verdachtsgründen, daß sie sich klug verdeckter Weise ab und zu auch an seinem eigenen Besitztum, Gut und Leuten vergriffen. Besonders einer aus der Siebenzahl, der jüngste, ein verwegener Gesell, wie der Chiemgau zurzeit wohl kaum noch einmal seinesgleichen besaß.

Er hieß Markwart, einer anderen Mutter als die übrigen entstammend, von der ihm allein ein Erblaß zugefallen war. Dafür hatte er dem Südende des Chiemsees gegenüber, wo der Hauptzufluß desselben, eine wilde Ach, aus den Bergen hervorbrach, sich einen Besitz erworben und auf nicht hohem, doch steilem Felskegel sich einen kleinen Burgstall erbaut, den er Markwartstein benannt. Dort hauste er in sonst noch unbewohnter Talwildnis mit wenigen Burgmannen zwischen hohen, beinahe senkrecht an beiden Seiten neben ihm aufsteigenden Bergkuppen. Oft freilich ritt er allein für Tage davon ins ebene Chiemgauland hinaus, an der Traun hinab. Wer ihm begegnete, mutmaßte, er sei auf dem Weg nach Baumburg zum Besuch seiner Brüder, doch aus den Reden dieser ergab sich zur selben Zeit, daß sie ihn lange nicht gesehen. Einmal gewahrte ein Ackersmann ihn in der Gegend von Hohenberg auf offenem Hügelfeld, unberitten dahinschreitend, seine Eisenrüstung blitzte in der Sonne. Doch wie der Bauer nach kurzem wieder vom Pflug aufschaute, war ringsum nichts mehr von dem glimmernden Panzer zu erblicken, als sei er in die Erde hineinversunken.

Markwart glich seinen Brüdern weder äußerlich, noch im Wesen; auch darin hatte er ein Erbteil von seiner Mutter empfangen. Sie waren haarblond wie herbstwelkes Gras, ungeschlachten Gliederbaus und wenig aufgeweckten Sinns, ihr Genüge an reichlicher Mahlzeit, Trunk und Schlaf findend. Ihm dagegen fiel, zum Trotz seiner blauen Augensterne, tiefdunkelbraunes, glänzendes Haar auf die Schultern, sein Wuchs verband Kraft mit Geschmeidigkeit und schlanker Anmut, und sein Geist und Gemüt waren lebhaft, leicht beweglich, wie das Flimmern und Rieseln winddurchspielter Espenblätter. So folgte er der Regung, die über ihn kam, Scherzlust und auffahrende Heftigkeit lagen in ihm nebeneinander, es ließ sich nicht vorhersagen, welche ihm von den Lippen springen werde. Er konnte ebenso abstoßen, als gewinnend und fast unwiderstehlich für sich einnehmen, wenn er wollte; doch auch von seinem Willen hing dies nicht jederzeit ab, denn seine Natur versagte diesem manchmal den Gehorsam. Sie war selbstherrlich und ungestüm prickelnden Bluts; ein Funke seiner Augen verriet's dann und wann, aufgärend Heißes der Jugend wallte in ihm. Denn in dieser stand er, kaum noch in der Mitte seines dritten Jahrzehnts. Zu dem ihm nah versippten Pfalzgrafen unterhielt er kein Verhältnis, kam, seitdem er sich den Markwartstein gebaut, nie mehr nach Burg Megling. Er bedurfte keines Beistandes, hatte für ihre Insassen kein verwandtschaftliches Stammesgefühl, sondern nur vollste Gleichgültigkeit, die ihnen fern blieb und nichts von ihnen begehrte.

So erschien's wenigstens, doch der Pfalzgraf Kuono hielt diesen Schein für etwas trughaft. Mehrfach war in jüngster Zeit von vermummten Gesellen ein kecker nächtlicher Überfall ihm angehöriger gut verwahrter und tapfer verteidigter Landgehöfte ausgeführt worden, und er hatte Gründe zur Mutmaßung, sein Vetter Markwart sei dabei beteiligt gewesen. Nicht in Gemeinsamkeit mit seinen Brüdern, sondern mit anderen; auch nicht von Raubsucht getrieben, doch aus Übermut, der eine Dämpfung für das unruhige Blut suchte. Und als zufällig dem Herrn von Megling zu Gehör kam, wie der

Markwartsteiner dem ackernden Bauern am hellen Sonnentag aus dem Gesicht verschwunden, als ob die Erde ihn verschlungen habe, da hatte sich ihm ein Anhalt und Verdacht aufgetan, dem er in der Stille nachging. Dann blieb's ihm bald sonder Zweifel, wenn der junge Burgherr aus dem Gebirge herabreite, als trachte er nach Baumburg, doch ohne daß man dort von ihm höre und sehe, so verschwinde er wirklich bald hier, bald dort in den Boden hinein, in einen unterirdischen Gang, der ihn an ein Ziel führe, das er nicht offen vor Augen aufsuche. Das konnte aber nur die Burg von Stein über der Traun sein, deren Inhaber seit alters manche solcher Fuchsstollen hierin und dorthin in die Weite getrieben hatten. Gegenwärtig hauste dort in dem labyrinthischen Knäuel von Felslöchern und ummauerten Kammern eine Witib oder vielmehr das gewesene Kebsweib des letzten Burgbesitzers, namens Williburg. Sie hatte zwei Söhne, die sich Cadaloh und Zwentebolch de Lapide nannten, Zwillinge, erst achtzehnjährig, doch trotz ihrer Jugend schon weitum im Chiemgau und drüber hinaus als verwegenste Räuber gefürchtet. Ihr unangreifbarer Bau, den noch im sechzehnten Jahrhundert Kaiser Maximilian vergeblich belagern sollte, sicherte sie vor jeder Wiedergefährdung, so boten sie hohnlachend der Vergeltung Trotz. Der Pfalzgraf hieß ihren Felssitz das Bärenloch und die Bewohner die alte Petzin mit ihren Jungen. Er hatte die erstere nie gesehen, denn sie kam, mindestens bei Tageszeit, nicht aus ihrem Schlupfwinkel hervor, aber der Ruf ging, sie habe in Wirklichkeit etwas von einer Bärin, und das Volk sagte ihr, sich bekreuzend, Zauberkünste nach. Niemand vom Adel an der Alz und Traun hielt mit denen vom Stein Verkehr; es hätte übles Licht auf ihn geworfen. Um so mehr fiel es dem Burgherrn von Megling zuwider, daß sein junger Vetter sich in eine Genossenschaft mit ihnen eingelassen, denn ob er denselben seit Jahren auch kaum mehr sah, hatte er doch von jeher an seinem Äußeren und seiner Art Wohlgefallen gefunden. Doch nach dem, was er ausgekundet, konnte er nicht mehr zweifeln, der Markwartsteiner kehre fast allwöchentlich durch die unterirdischen Gänge heimlich in dem Bärenloch ein, und beim Nachtdunkel in Gemeinsamkeit mit den wilden Zwillingen hervorzubrechen und den Drang seines überheißen Jugendblutes durch einen Auszug zu nächtlichem Kampf und Gefahr zu dämpfen.

Südwestlich von Altenmarkt, ziemlich in der Mitte zwischen diesem und dem gegen den Schluß des zehnten Jahrhunderts auf einer Insel in einem kleinen See begründeten Kloster Seon besaß der Pfalzgraf ein Gehöft Neureit, das ihm besonders am Herzen lag. Es war eine von ihm hergestellte »neue Rodung« inmitten tiefen Waldes, auf die er einen freien, tüchtigen Landbauer, namens Piligrim, mit rüstigen Knechten gesetzt, um dem vortrefflichen Ackerboden guten Ertrag abzugewinnen. Fest aufgeführte Gebäude gaben dem Hof ein stattlicheres Ansehen, als die Mehrzahl seiner Art sonst im Chiemgau bot, die Felder umher standen mit üppigem Kornwuchs, auf den hochgrasigen Wiesengründen weidete fettgenährtes Vieh, und man sah den Tag hindurch vielhändig rege Arbeitsamkeit schaffen und bessern. Die ganze kreisförmig ausgerundete Landwirtschaftsanlage glich einer freundlichen, sonnenhellen Insel in einem ringsherum festumgürtenden düsteren Fichten- und Föhrenmeer.

Unter den Knechten befand sich einer, der auf den ersten Blick sich von allen übrigen durch sein Aussehen unterschied. Er war von kleinem Körperbau mit kurzen, nach innen gekrümmten Beinen, als ob diese gewöhnt gewesen, sich von seiner Kindheit auf um die Weichen eines Pferdes festzuklammern. In Strähnen fallendes, glanzlos schwarzes Haar umfing sein längliches, fast gelbfarbiges Gesicht, aus dem das Augenweiß, zwei schwarzgestirnte, eng zusammengezogene Pupillen umschließend, grell hervorstach. Man sah, das war nicht germanische noch bojische Art, auch kein Überbleibsel aus römischer Zeit oder Hinterlassenschaft der ehemals in den Chiemgau eingefallenen Slawen. Wildfremdes blickte aus seiner ganzen Erscheinung an.

Er hieß Putulung, der Sohn einer Hörigen des Pfalzgrafen; wer sein Vater gewesen, wußte niemand und er selbst nicht. Die Mutter hatte in ihrem Äußeren nichts Besonderes an sich gehabt, als eine etwas einfältige Dirne gegolten, in deren Kopf es nicht ganz richtig zugegangen, und die sich am liebsten, Wurzeln und Beeren suchend, in Wald und Schlucht herumgetrieben. So war sie vermutlich eines Tages auch zu der Frucht ihres Leibes gekommen, und nach ihrem frühen Tode hatte man den halbwüchsigen Buben auf Megling weitergefüttert, halb aus Barmherzigkeit, ihn nicht umkommen zu lassen, halb zur Belustigung für die jungen Grafenkinder Kuonrat und Adelhard. Die beiden Kleinen betrachteten ihn mehr wie einen großen zottigen Hund oder ein anderes Getier, als für ein Menschengeschöpf. Sie trieben mit ihm, was ihnen in den Sinn geriet und Spaß machte, warfen Holzknittel in die Alz, daß er hineinspringen und sie herausholen mußte. Dazu klatschten sie vergnügt, denn ohne es gelernt zu haben, schwamm er vom erstenmal in dem reißend schießenden Wasser wie eine Ratte oder wie eine Fischotter, dem er, mit dem triefend angeklebten schwarzen Haar auftauchend, merkwürdig gleichsah. Am liebsten spannten die Geschwister ihn mit Stricken an eine Holzschleife, auf die sie sich setzten und sich von ihm den Abhang am Flusse hinunterjagen und heraufziehen ließen; sie schwangen Weidengerten in den Händen dazu: »Ho, Putulung, hurtig! Sonst kriegt Putulung Schläge!« Er tat das Verlangte stets geduldig, ohne einen Ton des Murrens. Natürlich, dafür stillte man seinen Hunger auf der Burg.

So war er groß geworden, um Knechtsdienst leisten zu können, und seit Jahren vom Grafen dem Wirtschafter auf Neureit mit hinaufgegeben worden. Denn dazu zeigte er sich brauchbarer als viele andere; er hatte einen findigen Kopf und geschickte Hand, bei unvorgesehenen Zufällen zu raten und zu helfen, als hätt' er mancherlei Gewerk erlernt, obwohl er bei niemand in der Lehre gewesen. Ihm kam's von Anlage der Natur, und so besaß er auch allerhand Kenntnis, die den übrigen abging. Er verstand sich aufs Wetter und Himmelsanzeichen, wußte, wenn Sturm auch an heiterstillem Tag in der Luft lag. Eigenschaften von Wurzeln und Kräutern kannte er, wie die Fährten, Stimmen und Bräuche der Waldtiere und Vögel, über die er zuweilen sonderbar eine Macht übte. Gleich einer Eichkatze kletternd, hatte er aus hohem Horst einen jungen Edelfalken herabgeholt, ihn gezähmt und die Natur in ihm gebändigt, daß er jetzt zwischen den Tauben auf dem Dach des Gehöfts hauste und alles Geflügel desselben gegen das Hereinstoßen fremder Raubvögel beschützte. Niemand vermochte Fische zu ködern, wie Putulung; es war, als ziehe er sie mit dem Blick an den Hamen heran, stets kehrte er mit gefüllter Kiepe heim. Bei dem Hofbauer stand er darum, all dieser Gaben und Fähigkeiten halber, in Schätzung als der nützlichste vom Gesinde.

Vielleicht neideten die anderen Knechte ihm dies Ansehen, gewiß war's, daß sie ihn nur widerwärtig litten, sich seitwärts von ihm abhielten und, wo sich ein Anlaß bot, ihn zu beschuldigen suchten, um ihn von Neureit wegzubringen. Und ebenso die Mägde, die er, sich um keine je kümmernd, gehen und stehen ließ; auch an der saubersten ging sein Blick gleichgültig vorbei. Das mochte sie wohl erboßen, aber war's doch nicht allein, sie hätten noch weniger von ihm gewollt, ihm mit kräftigen Fäusten zurückgedroht, wenn er's gewagt, ihnen nahe zu kommen. Ein Widerwille des Germanenstamms brach aus ihnen, wie aus den Knechten gegen ihn hervor. Schon auf Megling hatte einmal eine Alte gesagt, es müsse von Vätern oder Müttern her Hunnenblut bei ihm herausgeschlagen sein, wie man es zuweilen bei Tieren, an Hunden von gutem Schlag, sehe, daß ein Wurf anders wie die Alten, häßlich, wolfsartig zur Welt komme. Danach hatten die Burgleute ihn den »Hunnensohn« benannt, und so hieß er auch hier unter den Bewohnern der Hube. Ins Gesicht sprachen sie's ihm nicht, davor scheuten sie sich; aber hinter seinem Rücken gaben sie ihm wohl noch mißächtlicher den Namen »Hunnenhund« und spieen aus bei dem Wort.

Ab und zu besuchte Graf Kuono Neureit, dort nach dem Stand der Wirtschaft zu sehen, gemeiniglich wenn er einen Ausritt auf der Straße von Altenmarkt über das gleichfalls ihm hörige Dorf Rabenden nach dem Kloster Seon machte. Das war in seiner gesicherten Insellage uralter Sitz der Kelten und Römer gewesen, später, zur Zeit Karls des Großen, kaiserliches Hofgut und von ihm einem bojoarischen Edlen, namens Adalbert, zugleich mit der Gaugrafschaft verliehen worden. So entstand eine feste, weitgeräumige Tiefburg auf dem Eiland, die sich während der Kaisermacht Ottos III. gegen das Ende des zehnten Jahrhunderts durch Vergabung des derzeitigen Besitzers, Pfalzgrafen Aribo IV., in ein Benediktinerkloster umgewandelt hatte. Der Stifter selbst ward alsbald nachher auf einer Jagd im Walde von einem Auerochsen angerannt und mit den Hörnern zu Tode durchbohrt, doch seine geistliche Gründung erhielt und erweiterte sich zum größten, reichsten und stattlichsten Mönchskloster im Chiemgau, das als Hauptstätte der Gelehrsamkeit an die Stelle des ehemaligen Herrenwörth im Chiemsee getreten war. Gegenwärtig stand der sechste seiner Äbte, namens Hartnid, ihm vor, zu dem der Pfalzgraf Kuono freundschaftliche Bezüge unterhielt.

Mit Vorliebe aber verweilte seine Tochter Adelhard dann und wann in Sommertagen auf dem Hof Neureit. Seitdem sie zur Jungfrau erwachsen, fand ihr Sinn dort Gefallen an der Stille, sie hörte gern auf den hellen Vogelschlag am Waldrand und gesellte sich auch wohl, ihren vornehmen Stand außer acht lassend, zu den Mägden, welche die Heu- oder Grummetschwaden rafften, erfreute sich an ihrem lauten Gelache und Gejauchz. Ihr Vater hatte auf ihren Wunsch, dem er zumeist bereitwillig nachgab, eine Stube im Obergeschoß des Gehöfts für sie herrichten lassen, darin sie während ihres Aufenthalts auf demselben mit ihrer Kammermagd hauste. Und so tat sie's jetzt, denn es war herrliche Junizeit und am Morgen ein Wagen, der Korn von Neureit nach Megling gebracht, dorthin zurückgekehrt. Sie hatte gebeten, mit diesem fahren zu dürfen, und ihr Vater eingewilligt; da er am nächsten Tage nach Seon zu reiten gedachte, so wollte er sie im Vorüberkommen abholen. Das grobe, mit bedächtig schreitenden Ochsen bespannte Fuhrwerk schreckte sie nicht; fröhlich zog sie auf dem schlitternden Sitz die steinicht schlechte, sonnenheiße Straße bis Rabenden entlang. Doch dann, als der Weg seitwärts in den schattenden Wald einbog, stieg sie vom Gefährt ab und ging zu Fuß auf bekannten schmalen Pfaden dem Gehöft zu. Hier und dort hielt sie ein Weilchen an, einen vertrauten Platz zu begrüßen; wie sie endlich aus dem dunklen Föhrensaum hervortrat, erkannte jeder Blick sie schon von weitem, denn so goldgleich leuchtete kein Haar wieder im Chiemgau von einer Jungfrauenstirn in die Ferne. Ehrerbietig empfing sie der Vorsteher des Hofes, und als sie in ihr Gemach hinaufkam, duftete es ihr daraus entgegen, da es dicht mit frischen Wiesenblumen geschmückt war, wie wenn man von ihrem Kommen unterrichtet gewesen und ihr aufmerksam diesen Empfang bereitet habe. Davon hatte jedoch niemand vorher wissen können, so daß sie sich darüber wunderte. Aber sie freute sich dran, denn es waren die Blumenarten, die sie selbst am liebsten draußen zu sammeln und mit sich heim zu nehmen pflegte.

In der Nacht aber, die auf den Tag folgte, begab sich Unerwartetes und Arges. Adelhard fuhr plötzlich erschreckt aus dem Schlaf, Weckrufe, lautes Getöse, Waffengeklirr hatten sie aufgestört. So scholl's draußen ums Haus, doch auch im Innern dröhnte ein Gepolter die Holztreppe aufwärts gegen ihre Stube heran. Sie warf rasch einen Mantel über ihre Nachtblöße, und im Glauben, daß ein Brand ausgebrochen sei, denn roter Schein flog durch die Gebälkfugen, öffnete sie die Tür. Da traf's ihre Augen mit Blendung, die ihr die Wimpern herabfallen ließ. Sie hatte nur noch ein paar Gestalten, Waffenknechten gleich, mit Arm- und Beinschienen und geschlossenen Eisenkappen, gesehen, dann fuhr von der Seite her ein sprühender Feuerbrand nah an ihrem Gesicht vorbei, Putulung war vor sie hingesprungen und schlug eine lodernde Kienfackel auf den Kopf des vordersten jener beiden, die Treppe heraufkommenden nieder. Was danach zunächst geschah, wußte Adelhard nicht mehr. Sie hörte ein vielstimmiges Toben und Schreien, ein abwärts über die Stufen zurückstürzen. Kurz rasselten noch Schwerthiebe und einzelne wilde Fluchworte durchdrangen den Lärm. Nun hallte draußen im tiefen Nachtdunkel absprengender Hufschlag über den Boden, dann ward alles still.

Was war es gewesen? Ein nächtlicher Überfall von Raubgesellen, um den Hof auszuplündern, den sie im Schlaf zu überrumpeln gedacht. Doch jemand hatte gewacht, die Insassen geweckt, und die Angreifer waren, da sie sich gegen die gewaffnet herzueilenden Knechte zu gering an Zahl erkannt, ablassend in den Wald zurückgewichen. Mit wem man es zu tun gehabt, wußte niemand, die Finsternis ließ nichts unterscheiden, und Fallgitter hatten überdies die Gesichter verdeckt. Nach dem Eindruck erschien's als ein niedriges Gesindel aus dem Busch, nur daß es Pferde besessen, war auffällig.

Und noch eines, wie der Verwalter des Gehöfts zum Nachdenken kam: daß der mißglückte Versuch grad' in dieser Nacht stattgefunden. Hatten die Urheber desselben etwa in Erfahrung gebracht, wer sich im Hause aufhalte, und der freche Einbruch den Zweck gehabt, sich einer besonders kostbaren, hohes Lösegeld eintragenden Beute zu bemächtigen? Der ganze Vorgang war, seitdem Adelhard aus ihrer Tür getreten, mit größter Schnelligkeit verlaufen, der verkappte Räuber, dem die Fackel über den Kopf geschlagen, gleichzeitig von einem Gefährten am Arm gepackt und zurückgerissen worden. Der Kienbrand schien von dem Hieb ausgelöscht, flackerte jedoch wieder empor und goß sein rotes Licht auf das reglos bestürzt stehengebliebene Mädchen, dessen aufgelöstes Haar gleich einem goldenen Obergewand über dem umgeworfenen Mantel bis zu den

Hüften hinunterfiel. Und einen Atemzug lang blieb Putulung ebenfalls wie festgebannt stehen, starrte das junge Edelfräulein mit den
schwarzgestirnten, großaufgeweiteten Augen an, und einem von
der Bogensenne schnellenden Pfeil ähnlich flog ihm ein herausge-
stoßener Ruf: »Osila!« vom Mund. Dann stürzte er abwärts, den
Fliehenden nach, und Adelhard begab sich in ihre Kammer zurück.

Um sie nicht unnötig zu schrecken, äußerte der Wirtschafter von Neureit ihr am Morgen nichts über den Verdacht, den er geschöpft, sondern stellte den Überfall nur als einen von gewöhnlichen Raubgesellen unternommenen dar. Es war keine Gefahr mehr für die Grafentochter vorhanden, da ihr Vater am Mittag eintreffen wollte, um sie abzuholen, doch sorgte der Hofbauer dafür, daß ohne ihr Wissen Knechte aus einiger Entfernung überall, wohin sie gehen mochte, ein Auge auf sie hielten; man konnte nicht hineinsehen, was der dichte Waldgurt rundum im Innern barg. Sorglos wanderte sie so im weitgerodeten, von schon hochwüchsigem Korn bedecktem Gefild, der kurze Nachtschreck wirkte nicht bei ihr nach; sie hatte oftmals von ähnlichen Überfällen reden gehört, und eigentlich war's ihr lustig, da alles derartig gut abgelaufen, selbst einmal einen solchen miterlebt zu haben. Das Gelärm hatte sie nur so plötzlich aus tiefem Schlaf aufgescheucht, daß sie nicht Zeit gefunden, recht zum Bewußtsein zu kommen, und noch halb sinnverstört dagestanden. Sonst hätte sie sich nicht so untätig, nur verdutzt dreinschauend, benommen, wie's im wachen Zustand nicht ihrer Art entsprach. Denn sie war von Natur keineswegs zaghaft, sondern konnte sehr mutig entschlossen sein, wo es galt.

Doch fuhr sie trotzdem nun einmal leicht zusammen, da unerwartet dicht neben ihr hinter einem mit weißen Doldenblüten bedeckten Busch von Hartriegel sich etwas Großes und Dunkles aufhob. Aber dann lachte sie, denn es war Putulung, der dort am Boden gekauert, und sie mußte nochmals lachen, wie er jetzt, emporgesprungen, sie unbeweglich scheu anblickend, dastand. Ihr geriet's lebendig ins Gedächtnis, wieviel hundertmal er auf ihr Geheiß gleich einem Fischotter in die Alz getaucht und sie auf der Schleife den steilen Abhang hinunter- und heraufgezogen; nur größer in die Höh' geschossen war er, als damals, doch von Aussehen noch grad' ebenso, wie als halbwüchsiger Bube. Aber zugleich kam's ihr auch durch einen Blumenstrauß, den er in der Hand hielt, daß ihr die Blumen einfielen, die sie gestern in ihrem Zimmer empfangen, denn die gleichen waren's, die er sich jetzt eben gesammelt. Das ließ ihr unwillkürlich von den Lippen kommen: »Das sieht närrisch aus, Putulung, Blumen in deiner Hand! Was willst du damit, wozu hast du sie gepflückt? Doch nicht für dich.«

»Nein – für mich nicht – für Euch,« antwortete er, nur halbverständlich stotternd.

»Für mich?« entgegnete sie verwundert. »Warum?«

»Weil ich weiß, daß Ihr sie gern habt und, wenn Ihr hierher kommt, selbst danach sucht.«

Er hielt ihr den Strauß entgegen, doch sie rührte ihre Hand nicht, sondern sagte: »Da hast du wohl gestern die Blumen in meine Stube getan.«

»Ja – ich sah Euch im Wald kommen und lief, sie zu suchen.«

»Puh, du hast sie mit der Hand –.« Es entflog ihr, sie fügte, wie um es ungehört zu machen, schnell nach: »Daran hatte ich nicht gedacht, daß sie von dir sein könnten, sonst hätt' ich dir dafür gedankt. Freilich, ich habe dich noch nicht gesehen, nur heut nacht einen Augenblick. Wie kamst du da vor meine Tür mit der Fackel? Du schläfst doch drüben im Stall, mein' ich von sonst.«

»Ja – aber ich fürchtete –« stotterte er wieder.

»Was?«

»Es könnt' Euch Übeles geschehen – in der Nacht – darum hielt ich Wache vor Eurer Stube.«

»Das war unnötig, und wenn ich's gewußt, wär's mir –«

Sie verhielt: »widrig gewesen,« denn ihr kam's, daß sie mit dem ersten ja unrecht gehabt. Wahrscheinlich würden sonst die Räuber auch zu ihr in die Kammer gedrungen sein, daß sie sich noch mehr erschreckt hätte. Er war ein wachsamer und treuer Diener gewesen, wie ein guter Hund; so nannten die Leute ihn ja auch, den Hunnenhund. Sie schämte sich dessen, was ihr beinahe herausgeflogen, und fuhr fort: »Ja, wie's heut nacht kam, war's recht von dir, mein Vater wird dich dafür loben. Ich sah, wie du einen mit der Fackel schlugst, daß sie fortliefen. Aber was sagtest du zu mir? ich verstand's nicht. Wie war's? ein Wort – Osila. Das ist ein Frauenname. Was hieß das? Kanntest du mich nicht mehr? Warum nanntest du mich so?«

Putulung stand wunderlich, scheu, von einem sichtbaren Gliederzittern überlaufen. Er schob seinen Arm mit dem Strauß noch weiter vor und fragte: »Wollt Ihr die Blumen?«

»Nein, die will ich nicht, ich habe genug davon und mag sie nur, wenn ich sie selbst gepflückt habe. Aber ich will von dir wissen, warum du mich so genannt hast.«

Etwas herrisch klang's, daß er ihr nicht gleich gehorcht. Man sah, daß er seine weißen, sich an den Seiten zuspitzenden Zähne aufeinander drückte, murmelnd brachte er zwischen ihnen hervor: »Ich habe Euch nicht so genannt.«

»Doch – ich hab's gehört – willst du sagen, daß ich lüge?«

Sein Ableugnen verdroß sie; mit einem Gedächtniswort des Mundes kam auch ihrer Hand ein Gedächtnistun. Sie rief hinterdrein: »Hurtig! Sonst kriegt Putulung Schläge!« und ihre Hand brach, sich ausstreckend, von dem Hartriegelbusch eine schwanke Gerte ab.

Ihm schoß jählings das Blut in die gelbfarbigen Schläfen und gleichzeitig etwas Besinnungsloses, Brennendes in die Augen. Ein Krampf verschnürte ihm den Mund, ließ nur undeutlich die gestammelten Worte heraus: »Weil du's bist – ich wußt's von immer – als du noch klein warst – weil du Osila bist –«

Das brachte Adelhard auf: »Du bist frech, daß du so mit mir sprichst. Der Name klingt häßlich aus deinem Mund und macht mich bös. Ich mag dich nicht sehen – weg, Putulung, spring ins Wasser!«

Wie als Kind schlug sie leicht mit der Gerte nach ihm, doch nun schnellte er sich vorspringend auf sie zu, umklammerte mit den gespreizten Fingern der beiden Hände fest ihre Schultern und stieß keuchenden Atems aus: »Du willst es nicht hören? Osila!«

Seine Züge hatten Wildes, zwischen den geöffneten Lippen schienen die scharfen Zähne zu drohen. Das Mädchen suchte sich loszuringen, setzte ihm verächtlich entgegen: »Bist du wahnwitzig und willst mich beißen, wie ein Hund? Die Leute sagen, du bist ein Hunnenhund.«

Sie verband keinen Begriff mit dem einmal gehörten Wort, aber ihm peitschte es das Blut wie mit einer glühenden Geißel. Er schrie: »Du sagst's, ich bin Zwentebold, und du sollst Osila sein!« und mit wilder Kraft warf er sie gegen einen blumigen Hang zu Boden. Doch fast im Augenblick, wie sie hinfiel, packten ihn von rückwärts grimmige Fäuste im Genick, an Arm und Bein. Die Knechte, die der Hofherr mit der Überwachung Adelhards betraut, hatten den Vorgang wahrgenommen und, eilfertig herbeigestürzt, rissen sie Putulung von der Hingesunkenen auf, schleuderten ihn wieder zur Erde und umschnürten ihm hurtig Hände und Hals mit ihren dicken Lederriemen. Frohlockend taten sie's, Hand wegen unerhörter Freveltat an den ihnen Widerwärtigen und Verhaßten legen zu können, und ihn mit dem Schimpfruf: »Hunnenhund!« überhäufend, zerrten sie ihn an dem Halsleder gleich einem Hunde am Strick zum Gehöft.

Hier war kurz zuvor der Pfalzgraf Kuono von Megling her eingetroffen und hatte eben die Nachricht von dem versuchten nächtlichen Überfall empfangen. Man sah seiner gerunzelten Stirn Mißmut drüber an, so befand er sich nicht in nachsichtiger Verfassung für einen ihm zum Urteil vorgeführten Übeltäter. Mit wenig verhohlenen Worten stellten die schadenfrohen Knechte dar, was sie angesehen und was ihr rasches Hinzukommen glücklich verhütet; trotz der Gegenwart des hohen Gebieters machten die herbeigelaufenen Mägde ihrer Gehässigkeit durch lautes Geschrei Luft, rafften Steine vom Boden, die sie nach dem Gefesselten warfen, und verlangten, er solle zu Tode gepeitscht werden, denn wenn er sich so an die Herrin gewagt, sei keine von ihnen vor ihm sicher. Adelhard antwortete auf eine Frage ihres Vaters, was er getan: »Er hat mich beißen wollen;« der Pfalzgraf entschied in ungnädiger Laune kurz: »Werft ihn in den Teich und ersäuft ihn, wie eine bissige Ratte!« Doch nun bat Adelhard für den Verurteilten, der ihr ehemals oft als Hund und Zugpferd Spaß gemacht; er sei wohl gereizt gewesen, weil sie nach ihm geschlagen, und habe ihr nichts wirklich Böses zugefügt, sie fühle es schon nicht mehr, daß er sie umgeworfen. Sichtlich hatte sie Mitleid mit ihm, und es war ihr arg, daß er um ihretwillen so bestraft werden sollte; wie sie die Hand ihres Vaters ergriff, willfahrte dieser ihr und gebot: »So bindet ihn los und jagt ihn vom Hof! Ich schenke dir auf ihre Fürbitte den Hals, aber mache dich rasch fort! Wenn du dich wieder in meinem Bann sehen läßt, wirst du gestäupt und ersäuft, wie's dir recht wäre.«

Putulung hatte bisher, ohne einen Laut und ohne ein Glied zu rühren, mit niederstarrenden Augen gestanden. Nun, wie ihm die Riemen abgenommen worden, sprang er plötzlich gegen Adelhard vor, warf sich auf den Boden und küßte ihren Gewandsaum. Dann raffte er sich auf und lief davon, und hinter ihm drein die Knechte und Mägde, um nach dem Geheiß des Grafen sich wenigstens die Genugtuung zu schaffen, den vom Tod Losgesprochenen wie ein Wild aus der Hofmarkung davonzutreiben. Sie schleuderten Steine und Knüttel, eine rennende Meute mit lautem Gebrüll setzte ihm nach. Auch die Hunde des Gehöfts suchten sie auf ihn zu hetzen, doch nutzlos, denn wie dieselben ihn erreichten, sprangen sie schweifwedelnd an ihm auf und leckten ihm die Hände. So ging die Jagd durch die Felder, aber seine Geschwindigkeit vergrößerte den Raum zwischen ihm und den Verfolgern. Dann schoß er wie ein schwarzes Waldtier aus der Sonne in den dunklen Fichtengürtel hinein.

Der Anblick hatte dem Pfalzgrafen die Laune verbessert. Er war sehr gnädig gewesen und lachte: »Der Hunnensohn wird sich vor dem Wiederkommen hüten. Die Hitze macht durstig, gebt mir einen guten Trunk, Piligrim!«

Am Nachmittag zog der große Herr mit seinem gewappneten Geleit gegen das Kloster Seon weiter. Für Adelhard war ein kleineres gutgebändigtes Pferd mitgeführt worden, darauf ritt sie, doch ließ sich merken, es hätte nicht der besonderen Auswahl eines sanften Tiers für sie bedurft, sie saß fest und gewandt im Sattel; der steinicht schlechte Weg, oft steil auf- und absteigend, brachte sie nicht ins Wanken.

Als der Trupp über Rabenden hinaus geriet, kam ihm ein einzelner Reiter entgegen, nach Rüstung und Helmzier ein Edler; er hatte auf einer Anhöhe gehalten und schien zuwartend übers Land geblickt zu haben. Nun grüßte er nahegelangt, und Graf Kuono erkannte ihn als seinen Anverwandten Markwart von Markwartstein. Gesicht und Wiedergruß zeigten ihn nicht sonderlich von der Begegnung erbaut, er sagte: »Man muß Euch auf der Straße betreffen, Vetter, so scheint's, um zu gewahren, daß Ihr noch lebt.« Der Angesprochene versetzte jedoch frohgemut: »Ich muß es, Herr Vetter, da Ihr zur Stunde auf der Straße seid, denn auf Eurer Burg, wo ich Euch suchte, waret Ihr nicht. Man gab mir Bescheid, Ihr rittet gen Seon.« Es war freimütig, doch mit einem Ton geredet, der jugendliche Unterordnung unter den Älteren und Höherstehenden kundgab; dieser erwiderte leicht spöttisch: »Das zu erwarten, habt Ihr mich nicht gewöhnt und werdet mir nicht verübeln, wenn ich nicht, um Euch zu erharren, zu Hause geblieben.« »Leider,« entgegnete der Junge bescheiden, »trifft mich Euer Tadel gerecht. Aber die Kirche lehrt, man solle den nicht verwerfen, der sich zu bessern bemüht ist, und ich habe mir vorgesetzt, mein früheres Tun zu ändern.« Achselzuckend antwortete der Pfalzgraf: »Das vernehm' ich, denn der Kirche Wort und Vorschrift kam selten sonst in Euren Mund. Reitet Ihr etwa auf dem Wege gen Damaskus und seid ein Paulus geworden?«

Nun neigte Markwart sich artig zum Gruß gegen Adelhard und sagte: »Die Geleitschaft Eures Vaters lehrt mich, wer Ihr seid, Jungfrau Base, denn so muß ich erstaunt Euch heut ansprechen. Es ist lang, daß ich Euch nicht mehr gesehen, und Ihr habt Euch verwandelt, daß ich Euch ohne Vorwissen schwerlich erkannt hätte.«

Er wendete sich gegen den Grafen Kuono zurück: »Wenn Ihr's so nennen wollt, Herr Oheim, tut Ihr's wohl mit Fug, da ich das Glück gehabt, Euch auf diesem Wege anzutreffen. Falls Ihr es dem gewesenen Saulus verstattet, bittet er, mit Euch gen Seon reiten zu dürfen.«

Der Angesprochene erwiderte kurz: »Wir sind schon auf des Klosters Grund, ich könnt's Euch nicht wehren.« Es klang nicht unwirsch und ablehnend, eher wohl von den artigen und demütigen Worten des jungen Sippengenossen etwas wohlmeinender besänftigt; doch ließ sich heraushören, daß er in sich gegen ihn Ungesagtes barg. Bald tauchten jetzt im Wald ihnen langsam entgegenwandelnde Gestalten auf, der Abt Hartnid, von Mönchen geleitet, um die ihm angemeldeten vornehmen Gäste einzuholen. Der Pfalzgraf, wie alle seine Begleiter, stieg ehrerbietig zur Begrüßung des weißköpfigen geistlichen Herrn vom Pferde, der auch Adelhard freundlich bewillkommnete: »Ihr seid schön, Kind, wie das Wunder des aufgehenden Morgens; das ist das Gepräge Gottes, das er denen verleiht, die er ausgewählt, durch ihre Herrlichkeit den Ruhm seiner Schöpfung zu erhöhen. Es ist uns verboten, Frauen in unsere Behausung aufzunehmen, aber nicht ein Ebenbild der Jungfrau, das, wie vom Altar herab, ein göttliches Licht ausstrahlt für unsere Augen. So heiße ich Euch im Kloster willkommen.«

Nun zogen sie von der waldigen Anhöhe hinunter, drunten in einer weiten, sanften Mulde, über die sich da und dort die blauferne Spitze eines der Berge jenseits des Chiemsees aufhob, lag, breit vom Wasser umfriedet, der weitgedehnte Bau des Klosters Seon auf seiner Insel. Nur der Niederfall einer Zugbrücke und das Öffnen eines starkverwahrten Tores sprachen von der Nötigung auch zu solcher sichernden Abgeschlossenheit gegen die Welt und Zeit umher; unter hochwipflig schattenden Bäumen im großen, vom See umgürteten Garten wurden die Ankömmlinge mit Speise und Trank erquickt. Markwart nahm daran teil, und wie die Rede vom Nächsten der Zeitläufe auf die gelehrten Beschäftigungen der Mönche in der Klosterstille überzugehen anhub, überraschte es die Hörer, aus dem Munde des jungen Burgherrn drüben in der Bergwildnis manch treffendes Wort zu vernehmen, das Verständnis und unvermutete Kenntnisse bei ihm offenbarte. Nicht nur zu lesen und zu schreiben vermochte er, sondern zeigte sich aus Büchern in mancherlei nicht gemeinem Wissen unterrichtet; wenn er sprach, wandten sich ab und zu die Augen Adelhards erstaunt auf ihn hin, denn an solche Redeführung war sie unter den Burginsassen von Megling nicht gewöhnt. Auch ihr Vater hehlte nicht das Wohlgefallen, das er daran nahm, und wie nachher sich ein Anlaß bot, ergriff er diesen, abseits unter vier Augen mit dem Markwartsteiner zu einer kurzen Zwiesprache zu gelangen. Es war merkbar, er ging damit um, ihm einen ernstlichen Vorhalt zu machen, doch scherzend redete er ihn an: »Nun, Vetter, was treibt die Petzin im Bärenloch mit ihren Jungen? Man sagt im Lande, Ihr könntet davon erzählen.«

Da schlug jählings das Blut wie ein roter Flammenstrahl in die Schläfen des Befragten. Er drehte den Blick ab und versetzte stotternd: »Wen meint Ihr, Oheim? Woher sollt' ich davon wissen?«

Das gab wider sein Wollen zu, daß er's wußte, wer gemeint sei. Doch der Pfalzgraf, der ihn von zweifellos aufrichtiger Beschämung übergossen und sprachlos verwirrt sah, fand für klüger, auf sein Verleugnen einzugehen und erwiderte nur: »Es erfreut mich, Vetter, daß ich mich getäuscht, denn es hätte mir um Euch leid getan, wenn Ihr mich verstanden und mir drauf antworten gekonnt! Ich meinte die vom Stein, das Raubgezücht, von dem ich argwöhne, es hat heut nacht versucht, meinen Hof Neureit zu überfallen, um meine Tochter von dort als Beute fortzuschleppen und mir Blutgeld für sie abzupressen. Aber Piligrim hat's ihnen mit seinen Knechten gut vorgezahlt.«

»Davon – nein, davon weiß ich nichts,« brachte Markwart gestammelt heraus, und er zog mit einer plötzlichen Bewegung seinen linken Arm, der über dem Handgelenk unterm Wamsrand eine kleine frische Wunde vorschimmern ließ, hinter den Rücken zurück. Graf Kuono entgegnete ablenkend: »Das war mir auch nicht in den Sinn gekommen.« Er fügte noch einige freundliche Worte des Wohlwollens nach, die er beim Herannahen des Abtes damit beschloß: »Es wird mich freuen, Vetter, wenn Ihr inskünftig aus Euren Bergen herabkommt, Euch nicht an Megling vorüberreiten zu sehen, denn ich habe Euch nicht nur um Eures Vaters willen von Kindesbeinen auf gern bei mir gewahrt.« Dann ging der Pfalzgraf mit dem Abt Hartnid davon, die Geschäftsdinge zu bereden, derenthalben er nach Seon gekommen, befriedigt, eine Reue bei dem jungen Manne geweckt und ihn, wie er hoffte, für die Zukunft mehr in seine Gefolgschaft herangezogen zu haben.

Hohes Schilf umzog den Außenrand des Gartens, an dem in kleiner Bucht ein Kahn zwischen dem übernickenden Gehälm lag. Adelhard hatte sich in ihn hineingesetzt und betrachtete das dichte Gewimmel eines Schwarms kleiner Fische unter der Planke; es war ihr fremd, auf dem Wasser zu sein, sie wäre gern weiter draußen im Freien gewesen, doch verstand sie nicht, das neben ihr liegende Ruder zu handhaben, und getraute sich nicht. Da fiel ein Schatten über sie hin, und es klang hinter ihr: »Wollet Ihr auf den See hinausfahren, Base?« Markwart hatte sie, am Ufer schlendernd, wahrgenommen, und erfreut bejahte sie auf seine Frage. So trat er zu ihr und trieb geschickt das Boot mit dem Ruder davon. Sie sagte verwundert: »Könnt Ihr auch das? Ihr versteht Euch auf vieles, deucht mich. Wo habt Ihr's gelernt?« Er antwortete, daß er gar manchmal von seiner Burg her an den Chiemsee herabkomme; dort am Strand habe er im Weidendickicht verborgen einen Einbaum und fahre drin, mit einem Netz nach Fischen fahend, in der Abendkühle weit hierhin und dorthin umher. »Das muß schön sein und möcht' ich auch gern,« erwiderte sie, »aber auf der Alz kann man nicht fahren, und am großen See war ich nur einmal, wo sie unter der Brücke durch aus ihm herausfließt. Da bekam ich fast Angst, so weit ging's über das Wasser hinüber bis an die Berge. Ist's dort am andern Ende also nicht mehr weit nach Markwartstein? Ich habe wohl davon gehört, aber weiß nicht, wo es liegt.«

Er deutete nach einer waldigen Anhöhe empor: »Wenn wir droben wären, könnt ich's Euch zeigen, da sieht man's weit in der Ferne, und ebenso von dem Berg nahe bei Euch über Megling. Am heißen Tag zwar zumeist nicht, denn dann liegt oft der Goldnebel über dem See. Aber eh' die Sonne untergeht, blinkt sie unter dem hohen Berg, der einer Fledermaus mit ausgespannten Flügeln gleichsteht, auf einen hellen Punkt. Das ist meine Burg Markwartstein.«

Der kleine See lag, von der schrägen Sonne überglitzert, unbewegt, nur die schmächtigen Ruderwellchen dehnten sich in flimmernden Kreisen, und mit weißgefleckter Stirn zogen langsam ein paar Wasserhühner ins hohe Ried. Adelhard versetzte, den Kopf schüttelnd: »Auf dem Berge, den Ihr meint, war ich schon, doch Eure Burg sah ich nicht. Als Ihr uns auf der Straße begegnetet, erkannte ich auch Euch nicht, aber mir ist's gekommen, daß Ihr ab und zu bei uns gewesen, wie ich noch klein war. Habt Ihr mich nicht einmal unter dem Lindenbaum im Schloßhof auf dem Brett geschaukelt? So will's mir aufdämmern.«

Sie blickte ihn an, und um seinen Mund ging ein hübsches Lächeln: »Es mag wohl sein, doch ich erinnere mich nicht mehr dran, denn wenn's so geschehen, war ich damals auch noch ein vergeßlicher Knabe. Aber ich erkannte Euch auf der Straße, weil ich Euch später, vor nicht langem, noch einmal wiedergesehen.«

»Mich?« fragte sie verwundert. »Wo? Da hätt' ich Euch doch auch sehen müssen.«

»Nein, das konntet Ihr nicht,« gab er zurück, und das Lächeln kehrte ihm um die Lippen, »denn es geschah nur im Traum. Aber da sah ich Euch in einem weißen Gewand, auf das Euer Haar herabfiel, und Ihr standet in einem Licht, wie wenn die Sonne rotglühend untergeht. Ganz so – ja genau dieser Blume sähet Ihr gleich.«

Er bückte sich, sein Gesicht abdrehend, rasch seitwärts über den Bootrand, streckte die Hand nieder und zog eine Wasserrose herauf, deren glanzweiße Blätter die gelben Staubfäden, wie aus Gold gebildet, überringelten. Nun reichte er sie Adelhard hinüber, die sie nahm und lachte: »So sah ich aus? Da täuschte es Euch, denn ich habe kein weißes Tagkleid, nur einen Mantel von der Farbe, den ich nachts um mich schlage; wenn es kühl ist. Und nach dem Bild im Traum hättet Ihr mich heut erkannt? Ihr erzählt ein Märchen, Vetter.«

Er nickte: »Ihr habt wohl recht, was ich sah, wäret nicht Ihr, sondern das Ebenbild der Jungfrau, von dem der Abt geredet, daß es wie ein Wunder des aufgehenden Morgens sei und ein göttlich Licht ausstrahle für unsere Augen.«

Auch neben Adelhard schwamm jetzt mit erst halb erschlossenem Kelch eine weiße Wasserrose, und sie bückte sich gleichfalls über den Kahn, um die Blume zu pflücken. Aber das Erfassen des glatten Stengels schien ihrer Hand nicht gleich zu gelingen, und ein Weilchen spiegelte das helle Wasser ihr leicht von einer aufblühenden Röte überhauchtes Antlitz zurück. Dann hielt sie die weißschimmernde Knospe, beschaute sie und sprach schnell, wie es seltsam sei, daß sie so vom Seegrunde heraufwachse. Im Klostergarten sah man sich's regen, den Pfalzgrafen und den Abt, von Mönchen begleitet, aus der Tür kommen, um noch einen Abschiedsimbiß unter den Bäumen einzunehmen; es war Zeit, das kleine Fahrzeug in die Schilfbucht zurückzulenken.

Das Gesicht Adelhards sprach noch von der Sonnenwärme, die über dem See gelegen, und herzhafter als sie es sonst zu tun pflegte, trank sie mit vom Inhalt des Steinkruges, den frisch kühler Wein aus Südtirol füllte. Danach besuchten die Gäste noch einmal das Innere des Klosters, durchschritten die hochgewölbten, weiten Umgänge, an denen die Türen zu den fast unzählbaren großen, hellen Mönchszellen sich hinreihten. Gleich Irrgängen, aus denen sie sich ohne Beihilfe nicht wieder herausfinden würde, kam's Adelhard vor, und wie sie allein um eine Ecke gebogen, hallte ihr leichter Fußtritt sonderbar auf dem Steinboden, daß sie sich beinah erschreckt umsah. Doch da klärte das schallende Echo sich auf. Denn Markwart war ihr unvermerkt nachgeschritten; aber trotz seiner Gegenwart engte es ihr noch etwas den Atem in dem langen, einsamleeren, von rotem Abendglanz durchflossenen Gange, daß sie schnell sprach: »Wo sind die anderen geblieben? Laßt uns zu ihnen!« So suchten sie nach diesen miteinander, und neben ihr gehend, sagte ihr Begleiter: »Die frommen Brüder haben's gut; wenn ich an Markwartstein gedenke, wie eng ist's dort, und wie dunkel schauen die Bergwände in die Fenster herein. Aber doch möcht' ich's nicht tauschen um diesen großen, prächtigen Bau, denn mir ist's, als könnte nur dort das Glück vom Himmel zu mir kommen, auf das ich warte. Nur daß der See nicht drumher ist, in der Sonne drauf zu fahren, aber ich sagte, bis an den großen See ist's nicht zu weit, und auf ihm läßt sich's in meinem Einbaum noch schöner rudern, wenn das Abendrot rundum auf den Bergfelsen brennt, als ständen sie im Feuer.«

Dann geleitete der Abt seine Gäste noch ein Stückchen über die Zugbrücke hinaus, dort verabschiedeten sie sich, bestiegen die Pferde und ritten nordwärts zur Waldhöhe hinauf. Markwart schloß sich dem Pfalzgrafen zur Begleitung bis nach Megling an; er hielt sich zumeist im Gespräch mit ernsthafter Rede und heiterem Scherzwort neben ihm, nur zuweilen legte er eine Wegstrecke an der Seite Adelhards zurück. Es war Hochsommerzeit, und der Tag zögerte zu vergehen, aber allgemach ward es doch dämmernd und dunkel. Sterne begannen aus der Höhe zu flimmern, und drunten schimmerte nur noch hell, gleich einem weißen Erdengestirn, die Wasserrose in der Hand des Mädchens. Bei Altenmarkt überritten sie die Alzbrücke, bald erreichten sie die Höhe, von der Burg Begling breit und mächtig auf den Fluß hinuntersah. Auch hier fiel auf Anruf die Zugbrücke, Knappen mit Fackeln kamen aus der dunklen Torwölbung hervor, Markwart nahm Abschied vom Grafen Kuono, er reite nach Naumburg zu seinen Brüdern, um dort zu nächtigen. Der Pfalzgraf sprach unverhehlt sein Wohlgefallen aus, ihn in solchem Verhalten als Weggenossen angetroffen zu haben, und wiederholte die Erwartung, ihn hinfort öfter auf Megling zu begrüßen. Dann ritt er ins Tor ein, und nur Adelhard wendete sich noch einmal gegen den Zurückbleibenden um. Sie sagte: »Habt Dank, Vetter, daß Ihr mich auf dem See gerudert, und für die Wasserrose, die Ihr mir gepflückt. Es ist wohl billig, daß ich Euch dafür die andere wiedergebe, die ich gefunden. Lasset sie Markwartstein von mir einen Gruß sagen.«

Er konnte nur den Schimmer ihrer vorgestreckten weißen Hand gewahren, aber er fühlte, was diese ihm reichte; es war die Knospe, die sie aus dem See mit sich genommen. Nun rasselte die Brücke und dumpfknarrend schloß sich das Burgtor.

———

Eine Zeitlang blieb Markwart noch auf dem Fleck stehen und hielt den Blick nach dem dunklen Schattenumriß des Schlosses gerichtet; dann öffnete er sich das Wams über der Brust und verwahrte auf dieser die Wasserrosenknospe, ihm war's, als empfinde er noch Wärme, aus ihr von der Hand kommen, die sie lange gehalten. Danach stieg er in den Bügel, den Weg nach Altenmarkt zurückzureiten; dicht jenseits desselben hob sich, schwarz gegen den Himmel abstechend, auf steiler Lehne die Burg Baumburg in die Luft. Doch der Reiter bog nichts wie er's vorgegeben, zur Behausung seiner Brüder hinan, sondern weiter ostwärts hinüber an die hastig rauschende Traun und durch ihr Gewässer hindurch. Hier empfing ihn tiefes Walddunkel, er saß ab und führte sein Roß am Zaum auf kaum schrittbreitem Pfad zwischen Stämmen und Gestrüpp, oft beschwerlich ansteigend, empor; das Tier mußte den unsichtbaren Weg schon betreten haben und mit Instinktbegabung wiederfinden, denn merklich überließ der junge Mann sich mehr der Führung durch das Pferd, als daß er dies leitete. Eine Viertelstunde mochte die Wanderung gedauert haben, als beide anhielten; Finsternis lag ringsum, das Rauschen der Traun drang jetzt zur Rechten hörbar aus erheblicher Tiefe herauf. Doch umtastend suchte und fand Markwart einen Eisenring, der in einem Gemäuer haftete; durch den schlang er den Zügel seines Rosses, dann griff er weiter zur Seite und faßte etwas gleich einem Hammer, mit dem er wider eine erzene Platte zu schlagen schien, denn ein hohles Dröhnen scholl fünfmal durch die Nachtstille. Nun blieb eine Weile alles ohne Laut, danach tönte eine Stimme absonderlich von drunten aus dem Erdboden herauf: »Was fliegt bei Mitternacht um den Stein?« Darauf gab der Markwartsteiner Antwort: »Die Fledermaus von der Ach,« und beim letzten Wort schollerte es dumpf neben ihm, das Ohr vernahm, Riegel sprangen zurück und schwer stöhnte etwas in der Angel. Zugleich flog Lichtschein von einem brennenden Kienspan auf, erhellte ein schmales, aus der Tiefe sich gleich gähnendem Rachen öffnendes Felsloch und darüber trotzigdüsteres, fensterlos sich in die Nachtfinsternis hinauf verlierendes Mauerwerk. In der Höhlung übergoß die Fackel aus der Hand ihres Trägers mit rotem Flackerlicht einen schwarzhaarigen, noch jugendlichen, doch wildgesichtigen Manneskopf, von dessen Mund rauhkehlig und, wie's klang, halb widerwillig die Anrede emporschlug: »Ihr kommt spät und seid lang' erwartet.« Der Sprecher drückte sich zur Seite, um dem Einlaß Heischenden Raum zum Niedersteigen zu machen; dann ließ er polternd die schwere Eisenluke zurückfallen. Es war Cadaloh de Lapide, und Markwart befand sich im Felsinnern der Höhlenburg Stein.

Senkrechte Stufen führten zunächst abwärts in einen ziemlich geräumigen, mannshohen Gang, in den durch Spalten und Risse von obenher der Regen einsickerte, so daß es überall an den schwarzen Wänden troff und im auffallenden Licht glimmte. Es mußte eine unglaubliche Arbeit gewesen sein, mit roh-unvollkommenen Werkzeugen dies Rohr in das Felsgestein zu bohren, noch mehr aber, die hier und da abstrahlenden Seitengänge stundenweit unterirdisch durchzubrechen. Das Ganze glich genau dem Stollengeäder eines Fuchsbaus, nur wie für ein größeres Getier, etwa die riesige Wucht vorzeitlicher Höhlenbären ausgewühlt. Eine unheimliche, mit frostigem Schauder anrührende Unterwelt, die nichts von Sonne, Wärme und Leben wußte, ewige Winterkälte und Nacht in sich beherbergte, dumpfwidrige Luft und glucksendes oder hohl gurgelndes Wasser.

Dem nächtlichen Ankömmling indes war's vertraut, sein Fuß hatte diesen Weg schon oft zurückgelegt und schritt sicher auf dem schlüpfrigen Boden nieder. Aber doch überlief's ihn heut wieder, wie beim erstenmal, als er hier gegangen; in seinem Gefühl lag noch der warme, sonnenbeglänzte See von Seon mit den weißen, goldgestirnten Teichrosen und dem Himmelsblau drüber, und der düstere Gegensatz faßte ihn zu gewaltsam an. Dann jedoch verwandelte sich dieser; Markwart hatte eine Tür geöffnet und Helle fiel ihm entgegen. Vor ihm tat sich eine der alten, von der Natur gehöhlten Felskammern auf, die durch Menschenhand besser ausgerundet und zur Behausung hergerichtet worden, und ein überraschendes Bild sah draus an.

In einigen Erzpfannen an den Wänden brannte ein Gemisch von Pech und Baumharz, die bläulichen Flammen erhellten das Höhlengelaß, in dem allerhand kostbares, wie in ein Rabennest zusammengeschlepptes Gerät glitzerte. Gewirkte Stoffe verhängten rundum das schartige Gestein; auf einem Eichentisch mit Stühlen davor blitzte eine große Kanne aus getriebenem Gold und in Bechern daneben funkelte roter Wein. Eine geöffnete Fensterluke ließ die frische Nachtluft einströmen und warf vermutlich den Lichtschein weit ins Land drunten hinaus, daß ein nächtlich noch Vorüberwandernder sich scheu bekreuzigen mochte.

Zuvörderst aber zog den Blick eine in die Felswand gehauene Nische auf sich, die ein breites, weich mit Tierfellen aller Art bedecktes Ruhlager bot. Darauf lang hingestreckt lag eine weibliche Gestalt von seltsamster Erscheinung.

Sie war mit einem dunklen, dicken Gewand bekleidet, von weichgeschmiegtem, fellartig haarigem Stoff, doch nur um den eigentlichen Körper. Die kraftstrotzenden, wundervoll gerundeten Arme glänzten von den Achseln an entblößt, und ebenso sahen auch vom kaum noch verdeckten Knie herab die Unterschenkel, mit Sandalenbändern umwunden, hervor; breite Goldspangen schlossen sich um die Knöchel- und Handgelenke. Auf dem Scheitel der Hingelagerten bäumte sich eine Flut schwarzen Gelocks, zum Nacken und den Schultern niederwogend, über der Stirn von einer Schnur funkelnder gelber Topassteine gehalten. Ein Gesicht von Elfenbeinfarbe und weiße Zähne durch die leicht klaffenden Lippen vorschimmernd; darüber ein Augendoppelgestirn, nächtig wie Kohle, doch mit einem heißen Geflimmer an die Schwärze eines Meilers erinnernd, über dem von verborgener Glut die Luft zittert. Das war Willibirg, »die Petzin,« die mit ihrem Zwillingswurf im »Bärenloch« des Höhlensteins hauste. Der Vergleich des Pfalzgrafen Kuono besaß Treffendes, nur setzte er eins nicht hinzu, daß »die Bärin« nicht abschreckend widrig und garstig sei. Wenn sie ihre Jungen noch so früh zur Welt gebracht hatte, mußte sie nach dem Alter derselben zum mindesten vierunddreißig Jahre zählen, doch nichts an ihr verriet etwas davon. Man konnte sie um ein Jahrzehnt jünger schätzen, für ein Weib noch in erster Jugendpracht einer fremdartig-wilden, dämonischen Schönheit. Wohl ließ sich's begreifen, daß der ehemalige Inhaber des Steins sie eines Tages mit Gewalt von der Straße weggeraubt und in seinen Bau geschleppt hatte, wo sie's ihm vergolten und ihn bis zu seinem Tode willenberaubt unter ihre Übergewalt gekettet.

Doch nun, wie Markwart eintrat, begab sich Unbegreifliches – oder erklärte es sich in gleicher Weise? Sie sprang von ihrem Lager auf, gegen ihn hinan und schlang mit dem Ruf: »Du hast mich lang warten lassen!« die üppigen Arme um seinen Nacken zusammen. Es ließ auf den Hinblick nicht Zweifel, der junge Markwartsteiner war nicht nur der manchmalig nächtliche Beutezugsgenosse der Jungen vom Stein, sondern auch der Geliebte ihrer Mutter. Schon seit länger als einem Jahre, wie er sie, in stählerner Morgenfrühe umschweifend, zum erstenmal nah ihrer Burg im Walddickicht angetroffen. Reglos kauernd, hatte sie ihn wie mit einer geheimnisvollen Naturkraft angesehen und der knisternde Blick ihrer Augen sein jugendheißes Blut entzündet. Dann war sie aufgestanden, ohne Laut davongegangen, doch übermächtig mit ihrem unverwandten Blick ihn Schritt um Schritt sich nachziehend, bis sie ihn durch das Felsenloch herabgezwungen und ihren brennenden Witwendurst an seinen frischen Lippen gestillt hatte. Seitdem war keine Woche vergangen, die Markwart nicht heimlich bald auf diesem, bald auf jenem Wege den Zugang zur Höhlenburg suchen gesehn, und oft manche Tage und Nächte verflossen, bevor er nach Markwartstein zurückgekehrt.

Nun hielt sie ihn umfaßt, und ihr Blick sprach nicht weniger, als ihre Worte, daß sie auf ihn gewartet. Doch er löste sich aus ihren Armen: »Ja, ich komme spät und muß gleich wieder fort; meine Brüder harren auf mich in Baumburg zu einer wichtigen Beredung.« Eine ihm sonst fremde Befangenheit zu bergen, trat er zum Tisch, an dem einer der Zwillinge saß, füllte sich einen Becher und trank ihn leer. »Euch hat's zur Nacht versengt, scheint's,« sagte er. Der, den er ansprach, war Zventebold vom Stein, seinem mit ins Gemach hereingetretenen Bruder Cadaloh fast zum täuschen ähnelnd; nur trug er gegenwärtig eine frische Brandwunde an der rechten Schläfe, und drüber regte sein Haar den Eindruck, von einer Flamme angelodert und weggezehrt worden zu sein. Er gab mürrisch Antwort: »Euch steht's nicht an, Euch drüber zu belustigen.« Merkbar war er verdrossen, doch die Art des Behabens beider Zwillinge ließ erkennen, daß sie keine innerliche Zuneigung für den Markwartsteiner hegten und sein Verhältnis zu ihrer Mutter mit oft nur schlecht verhehltem Widerwillen ertrugen. Aber zu empfinden war's auch, diesen offen kundzugeben, wagten sie nicht. Nicht aus Furcht vor ihm, sondern vor ihr.

»Du kommst nur und mußt fort?« fragte Willibirg jetzt, ungläubigen Tons. Sie hatte Markwarts Hand wieder ergriffen: »Die Beredung mit deinen Brüdern hat Zeit bis morgen; laß sie schlafen!« Sich umdrehend, fügte sie nach: »Ihr könnt's auch. Geht in eure Kammern!«

Es galt den Brüdern, die sich jedoch nicht rührten. Cadaloh erwiderte nur: »Es ist noch früh,« und Zventebold: »Ich will noch trinken.« Sie wollten nicht aus dem Gemach weichen.

Aber die Bärin mit ihren Jungen war's. »Seid ihr taub? Ihr sollt schlafen!« herrschte sie die beiden an, und wie ein drohender Tatzenschlag flog's aus ihren Pupillen. Nun duckten die Zwillinge sich scheu; sie hätten einem Haufen Bewaffneter Hohn und Trotz ins Gesicht geworfen, doch ihnen lag's im Blut, gegen die Stimme half kein Trotz und Grimm, sie mußten gehorchen. Ohne mehr zu widerreden, gingen sie stumm zur Tür.

Aus den Augen Willibirgs funkelten Verheißung und Verlangen in Markwarts Gesicht, sie legte einen ihrer Arme auf seine Schulter, ihr Atem schlug ihn heiß an. Vergeblich suchte er seinen Blick von dem ihrigen loszureißen, sie hielt ihn unentrinnbar, wie mit zwei schwarzen Klammern. Seine Brust rang schwer nach Luft, da griff er plötzlich mit der Hand in sein Wams, und seine Finger krampften sich um die Wasserrosenknospe über seinem Herzen. Und zugleich gelang's ihm vom Mund zu bringen: »Bleibt noch! Ich habe euch etwas zu sprechen. Darum kam ich so spät noch.«

Die Brüder wendeten sich, er fuhr sicherer fort: »Mein Oheim hat mir Gutes getan, und ich begehre von euch, daß ihr ihn nicht mehr schädigt. Wenn ich euch dabei beträfe, müßt' ich's euch wehren. Das gleiche will ich meinen Brüdern künden, darum muß ich jetzt zu ihnen. Aber sobald ich's gesprochen – ja, eh' das Morgenlicht noch kommt – kehr' ich hierher zurück.«

Das letzte raunte er zu Willibirg, doch an ihren Augen vorbeiblickend. Sie erwiderte, sein Handgelenk umpressend: »Versprichst du's? Sonst lasse ich dich nicht, und du weißt, ohne mein Geheiß kommst du nicht aus dem Stein.«

Sie lachte dazu, aber es klang Markwart sonderbar ins Ohr, ihn mit einem Schauder durchfahrend. Der herrliche nackte Arm auf seiner Schulter überzog sich ihm vor der Einbildung mit langbehaart-rauhem Bärenfell, Krallen streckten sich draus nach seinem

Nacken und zwischen den lüsternen Lippen fletschte ein wütiges Raubtiergebiß ihn an. Das packte ihn und schleppte ihn unmächtig in eine der lichtlos wassertriefenden Winkelschlüfte des Bärenlochs, aus dem er die Sonne nie wieder sah, nie mehr spiegelnde Seeweite und schneeig leuchtende Blumensterne drüber; nur ewige Finsternis, von nächtig wilder Begier durchkeucht. So ging's ihm, das Blut durchgrausend, vorüber, seiner Brust war's, als ersticke sie in dumpfmodriger, unatembarer Luft, und er stieß hastig hervor: »Warum soll ich versprechen, wonach ich selbst am meisten begehre? Aber willst du's hören, gelob' ich's, wieder hier zu sein, sobald ich mit meinen Brüdern geredet.« Seine Stimme hatte es scherzenden Klangs zu erwidern gesucht, der ihm nicht gelang. Doch Willibirg löste jetzt die Klammer um sein Gelenk, und zwei schwarze Blickpfeile in die Tiefe seiner Augen schnellend, sagte sie: »So geh' und komm'! Ich denke an dich und warte. Wenn der Schlaf mich befallen, wecke mich mit deinem Kuß!«

Sie warf sich auf ihr Fellager zurück, das kurze Gewand flog ihr bei der heftigen Bewegung von den hell aufglänzenden Knien. Da war Markwart wieder draußen in dem schaurigen Höhlengang, riesenhaft schwankte sein Schatten ihm über die naß glimmernden Wände voran, denn Cadaloh ging mit flammendem Kienspan hinter ihm, ihn zum Ausweg zurückzubringen. Im Gesicht des Nachschreitenden drückte sich's aus, als zöge er am liebsten den Dolch vom Gurt und stieße ihn dem jungen Buhlen seiner Mutter durch den Rücken, um ihn an der verheißenen Wiederkehr zu hindern. Sie tauschten kein Wort; im Felsloch hob sich die Eisenluke und fiel dröhnend wieder zu, Markwart befand sich im Freien. Er atmete tief auf, suchte mit zitternd tastender Hand den Zaum seines Pferdes und führte es davon. Doch nicht auf dem finstren Niederstieg, von dem er gekommen; wie mit drückender Wucht lag die Walddüsternis um die Burg Stein auf ihm, er mußte rascher in offene Luft, die Sterne über sich sehen.

So blieb er auf der Höhe, sich gegen Altenmarkt hin näher aus dem Dickicht windend; dann stieg er auf und durchschritt nach einer Weile drunten die Traun. Er hatte fast die nächste Richtung nach Baumburg genommen, dicht über ihm hob dies sich mit schwarzem Schattenriß gegen den Himmel. Doch obwohl er abermals gesprochen, daß die Burg der Brüder sein Nachtziel sei, schlug

er wiederum nicht den Weg zu ihr hinauf ein, sondern als ob sie ein
Gespenst sei, das geisterhafte Fänge nach ihm ausrecke, jagte er an
ihr vorüber, südhin, dem Chiemsee und seinem Felsennest Markwartstein zu.

***

Der Pfalzgraf Kuono hatte mannigfache Händel und Zwiste, die der Sommerbeginn ihm zur Schlichtung aufgeladen, beseitigt, und zufriedenen Sinns wandte er sich der Beschäftigung mit dem Hauptplan seines Lebens zu, durch die Vergabung der Hand seiner Tochter in einen engen Verband mit dem bayerischen Herzogshause zu treten. Es war die rechte Zeit dazu; wenn er Adelhard anblickte, konnte ihm nicht Zweifel bleiben, sie stehe in höchster Frühlingsblüte ihrer Mädchenschönheit. In jene anderen Gedanken und Sorgen vertieft, hatte er das wohl nicht so wahrgenommen, sie noch als ein halbes Kind erachtet. Aber nun gingen die Augen ihm auf, sie sei's nicht mehr, seit den letzten Wochen nicht, oder eigentlich von Tag zu Tag weniger. Wie eine Knospe, die man noch erst in langsamer Entwicklung geglaubt, sich plötzlich in einer Sommernacht auffaltet und mit vollerblühtem Kelch die Frühsonne grüßt, so hatte sich Adelhard von Megling mit überraschender Schnelligkeit aus einem hochaufgewachsenen Mädchen zu einer von höchstem jungfräulichem Zauber umflossenen Gestalt verwandelt, und ihr Vater beschloß, sein Vorhaben, sie nach Landshut in die Hofburg zu führen, nicht mehr über den Sommer hinaus zu verzögern. Um seinen Besuch mit ihr dort anzumelden und sich guten Empfang zu bereiten, gedachte er als Kundschafter einen geeigneten Boten vorauszusenden und hatte sich dazu seinen Neffen oder Vetter – die Bezeichnungen und Namen für solche Grade der Blutsverwandtschaft gingen noch vielfach schwankend durcheinander – Markwart von Markwartstein ausersehen.

Denn dieser war nicht nur häufiger Gast auf Megling, sondern seiner eigenen Burg fast untreu geworden, als ob er sich gänzlich in die Gefolgschaft seines Oheims begeben habe. Nur ab und zu suchte er einmal kurz Markwartstein auf, dort nach der Ordnung zu sehen, dann kehrte er sogleich, zumeist noch am selben Tag zurück. Doch nahm er eigentümlicherweise den Hin- und Herweg nicht mehr, wie früher stets, in nächster Richtung ostwärts vom Chiemsee, sondern umritt diesen nach Westen und erreichte im Bogen, am Kloster Seon vorüberziehend, ohne sich gegen Altenmarkt zu halten, von der Seite her das pfalzgräfliche Schloß. Es war, als suche er zu vermeiden, daß Baumburg, die Feste seiner Brüder, ihm in den Blick gerate, und wenn dies von einer Anhöhe herab doch einmal in der Ferne geschah, wendete er hastig, wie von einem Schreck angerührt, die Augen. Von Megling aus aber geleitete er gleich einem Lehnsmann den Grafen, wohin dieser auszog, nützte ihm oft mit klugem Ratschlag oder erfreute ihn durch Witz und heitere Laune, und stieg von Tag zu Tag höher in der Gunst seines Oheims, der kaum einen Unterschied zwischen ihm und seinem eigenen Sohn machte. Der bisher entfremdet Gewesene war unverkennbar von ihm als naher Verwandter völlig in Haus und Huld aufgenommen.

Und als solcher empfand er sich augenscheinlich auch Adelhard gegenüber, wie sie das gleiche tat. Die Fremdheit ihrer ersten Wiederbegegnung seit Kindertagen lag kaum mehr begriffen hinter ihnen, sie duzten sich, wie es natürlich war, und trugen bald das Gefühl, als hätten sie immer täglich so miteinander gelebt. Er schaukelte sie auf dem hängenden Brett unterm Lindenbaum und erinnerte sich jetzt gleichfalls genau, daß er es als Knabe so getan; oft begleitete er sie auf den nahen Waldwegen und an den Fluß hinab, wo sie beisammen auf dem Gestein über dem weißschäumenden Wasser rasteten. Ihr Gespräch beredete nichts Ernsthaftes, flog am liebsten in leichten und neckenden Scherzworten von Mund zu Mund; zuweilen sahen sie sich auch nur stumm an und lachten, als komme ihnen ein ungesprochener drolliger Einfall. Das Mädchen blieb sich immer gleich, doch Markwarts Behaben wechselte manchmal rasch und wunderlich. Es geschah wohl, daß sie wie Kinder miteinander um etwas stritten, und seine Hand faßte ihren Arm, wie ein Knabe den eines Spielkameraden, und sie prüften, wer stärker sei. Aber dann konnte er sie, jählings zurückfahrend, loslassen, und sein Blick wich unsicher aus dem ihrigen, als würden seine Hände und Augen von plötzlicher Scheu gelähmt, ihr ins Antlitz zu sehen und sie zu berühren. Danach verfiel er zumeist in schweigsamen Ernst, daß Adelhard öfter verwundert fragte, was ihm sei. Dann schlug er schnell mit den Wimpern, blickte sie an und gab die Antwort: »Nichts – mir flog etwas ins Auge, es ist schon fort.« Oder einmal sagte er: »Mir war's eben, als läge der See von Seon da vor mir und eine weiße Wasserrose schwimme darauf. Aber wie ich die Hand nach ihr streckte, ward sie plötzlich schwarz, daß ich erschrak und sie losließ.«

Lachend erwiderte das Mädchen: »So kannst du auch mit offenen Augen träumen, nicht nur im Schlaf, wie du mir damals auf dem

See erzähltest, daß du mich gesehen und mich danach auf der Straße wiedererkannt.«

Er schwieg kurz, dann versetzte er rasch: »Das war kein Märchen, denn ich sagte dir nicht die Wahrheit. Ich sah dich nicht im Traum, sondern wirklich.«

Erstaunt hob sie den Kopf.

»Wo denn?«

»In der Nacht auf Neureit, als du erschreckt aus deiner Kammertür hervorkamst. Ich war einer von den beiden, die mit Eisengittern vorm Gesicht am Treppenrand standen.«

»Du, Vetter?« Fast sprachunfähig brachte sie kaum hinterdrein vom Mund: »Was wolltest du im Hause?«

»Meinen Genossen, mit denen ich ausgezogen, helfen, dich wegzuführen, um deinem Vater ein hohes Lösegeld für dich abzunötigen.«

»Du? Das war schändlich.«

Adelhard sprang auf und setzte den Fuß davon. Aber unwillkürlich fügte sie noch nach: »Warum tatst du es denn nicht?«

»Weil ich dich bei dem Fackellicht zum erstenmal sah, und statt den andern zu helfen, riß ich sie fort. Doch am Mittag wartete ich draußen, bis du mit deinem Vater die Straße herabkämst.«

Nun wandte sie sich wortlos schnell um und ging. Er fragte ihr nach: »Zürnst du mir?«

Sie hielt abgekehrt an, oder doch nur eben ein wenig das Gesicht drehend. In dieser Stellung gab sie Antwort: »Da warst du es eigentlich, der mich schützte. So kann mein Vater dir zürnen, aber ich nicht.«

Nicht mehr als ihre rechte Schläfe ließ sich gewahren, doch diese stach in hochroter Farbe von dem Laubgrün neben ihr ab.

»Ich muß nach Hause gehen,« kam ihr noch von den Lippen, und sie schritt weiter in den schmalen Buchensaum hinein, über den nah der Bergfried herabsah. Aber unter dem Wipfeltor der grauen Stämme wandte sie sich noch einmal, und aus dem grünen Blätterrahmen leuchteten kurz ihre Augen gleich zwei blauen Edelgesteinen zurück.

Beide redeten nicht wieder von dem seltsamen Bekenntnis, das Markwart abgelegt, doch zweifellos hatte dies keine Empörung bei Adelhard hinterlassen, noch ihr Vater durch sie eine Kundschaft davon empfangen. Wie zuvor sah jeder Tag sie in gleichem Beisammensein, fast noch heiterer und ausgelassenen Kindern ähnlich, mehr noch zu übermütigem Treiben angespornt als früher. Dann indes nahm Markwart für längere Zeit Abschied von Megling. Er müsse nach seiner Burg, die er seit Monatsfrist nicht mehr besucht, um dort mancherlei zu ordnen und zu schaffen, daß er wohl eine Woche ausbleiben werde. So ritt er auf dem Wege gegen Seon davon; doch wie er bald durch eine Waldschlucht kam, hockte an ihrem Rand ein kleines, kaum mit Lumpen bekleidetes Mädchen, das auf ihn gewartet zu haben schien. Denn es sprang auf und hielt ihm ein Schieferstück empor, darauf, wie er's nahm, geschrieben stand: »Du hast's gelobt und ich warte, daß du kommst.«

Ein Schütteln ging ihm beim Lesen durch die Glieder, hastig zog er einen Griffel hervor und schrieb auf den Schiefer: »Ich versprach's, wenn ich mit meinen Brüdern geredet, doch ich habe sie bis heute noch nicht gesehen.«

Er gab der Dirne die Steinplatte wieder: »Bringe das zurück, wo du's bekommen!« und seinem Pferd heftig die Sporen einschlagend, jagte er von dannen.

Wie er's gesagt, verging eine Woche, eh' er nach Megling wiederkehrte. Gegen Abend war's und der Pfalzgraf noch auf einem Ausritt abwesend, nur Adelhard traf er allein in der Halle. Sie kam, ihm die Hand streckend, entgegen, fragte, in welchem Stand er seine Burg gefunden, und sie saßen redend sich auf den Steinbänken einer tiefen Fensternische gegenüber, aus welcher der Blick weit ins Alztal hinunterging. Er erwiderte, gar manches habe er anders instandgesetzt, denn es sei unwirtlich und roh gewesen, wohl ausreichend für das Bedürfnis eines Mannes, doch nicht, wenn er einmal eine Frau als Herrin auf die Burg heimführe. Danach fragte er Adelhard, was sie während seiner Abwesenheit getan, und sie antwortete, daß sie eben vom Hügel herabgekommen und nach den Bergen hinübergeschaut. Einer von ihnen sehe einer Fledermaus mit ausgespannten Flügeln ähnlich, darunter habe die Abendsonne auf einem hellen Punkt geblinkt, ob das Markwartstein gewesen?

Er entgegnete: »Ja, wenn's unter der Fledermaus glänzte, da haben deine Augen es eben zum erstenmal gesehen.«

Abendröte fiel durchs Fenster und über das Antlitz Adelhards, doch ihre Wangen blühten noch höher, als das Licht sie zu färben vermochte. Einen Augenblick schwieg sie, aber dann gab sie schnell zurück: »Nein – du redetest mir einmal nicht die Wahrheit und so tat ich's dir eben nicht. Ich sah deine Burg nicht zum erstenmal heut in der Weite, denn seitdem du fortgeritten, war ich an jedem Tag droben auf der Höhe und blickte nach ihr hinüber.«

Während sie's noch sprach, trafen sich die Augen der beiden und tauchten sich ineinander; ins letzte Wort aber klang Hornruf von draußen, der Pfalzgraf kam heim und trat rasch in die Halle. Er hatte eine Nachricht empfangen, die ihn gleich zur Ausführung seines Planes veranlaßte, so daß er hocherfreut war, Markwart zurückgekehrt zu sehen. Noch stehend teilte er ihm mit, er habe ihn erlesen, morgen an den Hofhalt des Herzogs nach Landshut zu reiten, denn dieser selbst, der von Adelhard vernommen, wünsche, sie bei sich zu sehen, ob sie ihm als Mage für seinen Sohn gefalle.

Da war's einen Augenblick, als ob auf den Angesprochenen ein Blitzschlag niedergefahren sei, so stand er wie betäubt. Dann raffte er seine Kraft zusammen und erwiderte: »Mich wollet Ihr zu solcher Sendung küren, Oheim? Laßt sie mich kürzer vollbringen und zur Stunde tun, was ich ohne Euer Zumuten wohl bis auf morgen verschoben hätte, für mich selbst um Eure Tochter werben. Denn ich hege den Glauben, sie trachtet nach keinem Herzogssohn, sondern was Ihr bewilligt, schlägt sie meiner Bitte nicht ab.«

Nicht minder aber sah der Pfalzgraf Kuono den Sprecher an, als sei diesem Unglaubliches vom Munde geraten, eh' er entgegnete: »Seid Ihr auf Eurem Ritt in der Sonne irren Kopfes geworden, Vetter? Erholt Eure Vernunft an einem frischen Trunk und ich will's als einen guten Spaß ansehen, daß Ihr um meine Tochter gefreit. Dann reitet in der Frühe nach Landshut. Euer Sendbrief wird in einer Stunde fertig sein. Du, Adelhard, geh auf deine Kammer!«

Eine Antwort war's, nicht zu mißdeuten, noch zum andernmal herauszufordern. Das Mädchen stand, weißen Gesichts geworden, wie die Wasserrosen auf dem See zu Seon, verhaltenen Atems, dann gehorsamte es dem Gebot des Vaters und ging wortlos zur Tür davon. Markwart sah ihr nach, ob sie ihm nicht einen Abschiedsblick zuwende; doch sie war die Tochter des großen Pfalzgrafen, und auch mit den Augen seinem Geheiß nicht zuwiderhandelnd, verließ sie die Halle. Zufrieden aber und als ob ihn der Worttausch der letzten Minuten in Wirklichkeit nur mehr als ein Scherz bedünke, sagte Graf Kuono: »Also morgen mit Sonnenaufgang, Vetter, denn man muß eine Fürstenkrone nicht warten lassen. Oder wenn Ihr's vorzieht, reitet noch heut nacht, so seid Ihr eher am Ziel. Wir haben Mondlicht und die Wege sind hell.«

Der junge Mann nickte stumm; das schien ihm das Liebere zu sein. Er begab sich in die Stallung fort und schüttete seinem Pferde reichlich Hafer in die Krippe; dann ging er zur Burg hinaus, umschritt den breiten, ins Felsgestein eingehauenen Graben und schaute nach dem Gemach, das Adelhard bewohnte, hinauf. Doch obwohl der Verschluß ihres Fensters geöffnet stand, ließ sich nichts von ihr gewahren, sie leistete auch darin selbst dem ungesprochenen Willen ihres Vaters Folge, sich Markwart nicht mehr zu zeigen. Die Sonne war lang gesunken, es war dämmernd und dunkel um ihn, denn der Mond ging erst zu später Stunde auf. So kehrte er nach vergeblichem Harren mit fressender Bitternis in der Brust zum Stall zurück und sattelte sein Roß. Doch er sprach nicht in der Schreibstube seines Oheims vor, sich den Brief von ihm zu erholen, sondern er schwang sich in den Bügel, hieß den Torwart ihm öffnen und ritt abschiedslos aus der Burg. Aber wie er noch unweit von dieser an eine Wegkreuzung gelangte, stutzte sein Pferd, denn es trat etwas heran, eine Landmagd schien's, das Licht ließ noch eben die bäuerische Tracht einer solchen unterscheiden. »Was willst du?« fragte er kurz, und sie erwiderte: »Reitet Ihr nach Landshut, Herr?« Da war's die Stimme Adelhards, daß ihm einen Augenblick das Herz im Busen stillhielt, und sie fügte nach: »So zieht Eures Weges allein und richtet aus, ich wolle keine Krone auf dem Scheitel. Aber reitest du nach Markwartstein, da hab' ich eine Bitte an dich, nimm mich mit dir, denn mein Verlangen ging in der letzten Woche zu oft

dorthin, und ich habe nicht Flügel, durch die Luft hinüberzustie-
gen.«

Ein Schrei flog ihm von den Lippen, und stürmisch schlug ein
paarmal sein Herz, die Säumnis nachzuholen. Dann hatte er blitz-
schnell Adelhard vor sich aufs Roß gehoben, sie schlang zum Halt
fest ihren Arm um ihn, und hastig sprengte er mit ihr an der Alz
aufwärts durch die Nacht davon.

Trotz der Verkleidung Adelhards indes hatte der Torwärter sie zu erkennen geglaubt, als sie die Burg verlassen, und da alsbald Markwart hinterdrein gefolgt, dünkte es ihn befremdlich, so daß er ging und seine Wahrnehmung dem Pfalzgrafen hinterbrachte. Der sah den Botschafter zwar an, als ob derselbe Undenkbares rede, aber er suchte doch nach seiner Tochter im Schloß, und da sie nirgendwo zu finden war, befiel's ihn mit jäher Schreckerkenntnis, daß die Meldung Wirkliches berichtet habe und was dies bedeuten müsse. In einem Nu hatte sein Ruf alle Edel- und gemeinen Knechte der Burg zusammen entboten und sie geheißen, nach allen Richtungen des Windes und mit dem Wind in die Wette davonzureiten, um die Entflohenen einzuholen. So scholl in kurzer Frist auf jedem Weg rings um Megling stiebender Hufschlag durch die Nacht.

Markwart ritt mit seiner schönen Habe im Arm grad südwärts seiner Burg entgegen. Er wußte, daß ihnen Verfolgung drohen werde und vergönnte sich keine flüchtigste Weile zum Redeaustausch; nur unablässig achtsam, sein Roß nicht straucheln zu lassen, spornte er es fort. Der beinah volle Mond ging über den fernen Bergen auf, das Land und die Straße beglänzend, sein weißes Licht rieselte vor den Flüchtigen am Turm der Wasserburg Poing auf einer von der Alz umkreisten Insel, denen *de Truchtlaichingen*, Lehnsleuten des Erzbistums Salzburg gehörig. Ein guter Vorsprung war erreicht, doch die Schnelligkeit des Pferdes hub merklich an, sich zu mindern, es hatte schon einmal heut die weite Strecke von Markwartstein nach Megling zurückgelegt, und es trug gegenwärtig doppelte Last. Und nun – einen Atemzug lang hielt der Reiter aufhorchend an – da scholl eiliges Getrapp hinter ihnen auf der Straße.

Nur kurz noch, und deutlich ward's, sie wurden verfolgt, und unverkennbar, die Nachsetzenden verringerten ihre Entfernung. Die Straße ließ kein Entrinnen hoffen, unwillkürlich lenkte Markwart auf schmalen Weg zur Rechten ab. Aber die Nacht war zu hell, die Jäger nahmen das Ausbiegen des Wildes gewahr und stürmten hinterdrein. Durch moorige Niederung ging die Jagd, jetzt in einen schwarzen Waldbusch hinein und wieder heraus. Da dehnte es sich sonderbar wie ein endloser stählerner Schild, matt glimmend, nur hier und da sprang's wie ein Silberfunke auf. Etwas Geisterhaftes sah draus an, auf den ersten überraschten Blick sinnverwirrend; der weite Chiemsee war's, in todesartig schweigender Ruhe vom

Mondschein übergossen. Vernehmbar klirrte hinter den Fliehenden schon das Eisengerassel, besinnungslos hielt Markwart gradaus auf die Wasserfläche zu. An dieser stand die Hütte eines Fischers Arlacho, der sich hier in der Ufereinsamkeit angesiedelt, und seitwärts davon lag etwas langgestreckt Dunkles am Strand. Der junge Burgherr kam zu keinem Bewußtsein dessen, was er tat, ein Instinkttrieb ließ ihn alles mit Blitzesschnelle vollbringen. Adelhard in den Armen mit sich raffend, war er abgesprungen und in den dunklen Gegenstand hinein. Die Pferde der Meglinger schnoben heran, Gedröhn und Geschrei; jagend schossen die Verfolger ins aufklatschende seichte Wasser, auf einen Einbaum zu, der kaum noch in doppelter Sprungweite vor ihnen vom Ufer gestoßen. Da wich der Grund jäh unter den Hufen der Rosse, sie stürzten vornüber, rangen sich, den Gehorsam versagend, schnaubend an den Strand zurück. Wie die Reiter aufzublicken vermochten, schwamm das dunkle Fahrzeug nicht mehr erreichbar drüben im silbersprühenden Gewässer. Gen Südwesten hinüber, und der rinnende Strahlenschleier der Nacht hüllte es ein.

Markwart zeigte sich in der nicht leichten Kunst des Einbaumruderns gut geübt, mit kräftig-sicherem Schlag trieb er das Boot vorwärts und verhütete, daß es sich im Kreise drehe. Die beiden Insassen hatten seit dem Fortritt von Megling kaum einige Worte miteinander gesprochen, nun taten sie's zum erstenmal. Adelhard saß ihrem Gefährten gegenüber, und sie blickten sich ins Gesicht; rastend zog er das Ruder herauf, doch gleich einer Schranke legte er es zwischen sich und sie quer über die Seitenwände des Einbaums. So fragte er, und man empfand, seiner Brust versagte der Atemzug dabei: »Wohin willst du, daß ich dich bringen soll?«

Sie antwortete ruhig, kein Zittern noch Zagen klang in ihrer Stimme: »Dahin, wo du bist.«

»Wird dein Vater dareinwilligen?«

»Nein.«

»So wird er dich verstoßen.«

»Ja.«

Das entgegnete sie ebenso ruhig und fügte nach: »Ich konnt's nicht anders.«

Er versetzte: »Du weißt nicht, was du tust.«

»Ich tu', was ich muß,« gab sie zurück.

»Das ist?«

»Ich sprach's dir, zu sein, wo du bist.«

Seine beiden Hände hielten sich fest um das Ruder gekrampft, daß es knarrend auf den Unterlagen leicht hin und wieder rüttelte. Und nach einem Schweigen sagte er: »Um meinetwillen willst du keine Fürstenkrone, willst deinen Vater lassen, Rang und Reichtum und mit mir auf meine karge Burg?«

Durch das Mondlicht leuchteten ihre Augen ihn an, wie sie's aus dem grünen Laubrahmen hervorgetan, zwei Saphirsteinen gleich: »Du hast um mich geworben und ich will deine Frau sein.«

»Laß dich warnen, denn du kennst mich nicht. Ich bin deiner nicht wert; laß von mir und kehre zu deinem Vater, da du's noch kannst.«

»Warum sprichst du mir, was ich nicht glaube, wovon du weißt, daß es nicht mehr geschehen kann?«

»So glaubst du an mich? Und das wäre – wenn du's vernähmest, würdest du sagen, es sei nicht gewesen? Denn seit ich dich gesehen, habe mein Leben nur dir gehört?«

Sie schüttelte den Kopf. »Ich verstehe dich nicht. Du konntest doch nicht für mich Liebe haben, ehe du mich gesehen, und so auch ich nicht für dich. Was gewesen ist, das liegt hinter uns und kommt nicht wieder; daran glaube ich, wenn du es von mir begehrst. Aber mehr noch glaube ich an das, was vor uns liegt, denn mein Herz hat mir schon lange gesagt, das ist das Glück.«

Lächelnd, leicht scherzenden Klangs hatte sie das erste gesprochen, doch den Schluß bildete ein Strahlenblick ihrer Augen, der noch höhere Gewißheit kündete, als die Worte. Mit einem plötzlichen Ruck aber warf Markwart die Ruderbarre zur Seite, aufspringend, stieß er aus: »So löse mich mit deinen reinen Lippen, Madonna, von allem, was war, und mache mich deiner wert!« und die Hände Adelhards fassend, und sie bittend sanft zu ziehen, daß sie sich zu ihm herabneige, kniete er auf dem Boden des ruhig im näch-

tigen Glanzmeer schwimmenden Fahrzeuges wie zu den Füßen
eines heiligen Jungfraubildnisses vor ihr nieder.

Wenn droben auf der felsigen Spitze des hohen Berges, der seine Seitenlehnen gleich den Flügeln einer Fledermaus ausspannte, in dieser Nacht jemand stand, so konnte er tief drunten den kleinen dunklen Punkt inmitten der schimmernden Wasserfläche, der ein holdseliges Glück in sich schloß, nicht mit dem Blick unterscheiden. Doch seltsam anders, als von drunten aus dem Boot, sah er die Welt unter sich hingedehnt. Ihm lag der weite Chiemsee wie ein kleiner Teich aus geschmolzenem Silber zu Füßen, zackig umrändert von schwarzen Wäldern und weißüberbrauten Moosniederungen, unermeßlich umgeben vom Rahmen des gesamten Chiemgaus und der Lande fern drüber hinaus, bis zur Isar, zur Donau und den dunklen Wellen des Böhmerwaldes. Dort die kleine glitzernde Spiegelung nördlich vom Ausfluß der Alz war der See von Seon, weiter zur Rechten der gelbliche Schimmer die senkrecht aufsteigende Felswand der Höhlenburg Stein. Im Chiemsee schwammen deutlich erkennbar die drei Inseln, die Künzelsau, einer winzigen Scholle gleich zwischen dem grauen, betürmten Klosterbau von Nonnenwörth und dem großen, finsterüberwaldeten, langverödeten Herrenwörth, das seit Menschengeschlechtern seinen alten Namen im Gedächtnis der Seeumwohner verloren. Hoch über allem durch den Äther zog die beinah vollgerundete Mondscheibe dahin.

Aber wenn die Fledermaus sehende Augen droben auf ihren Felsenschwingen trug, so nahmen sie auch gewahr, daß der tiefe Nachtfrieden ein trügerischer, von unheimlich heraufdrängendem Geknäuel bedrohter sei. Einem Riesenungetüm der Vorzeit ähnlich reckte es sich vom Inn her am Himmel empor, blaues und gelbes Aufglühen aus den Augen schießend, dann und wann mit dumpfem Geknurr Luft und Erde schotternd. Der Schatten des Ungeheuers lief, wie von tausend Füßen bewegt, hurtig meilenweit über die beglänzten Lande und löschte ihre Helle aus; sein näher aufrückender Kopf zerfaserte sich in lange, schwarze Haarsträhne, die wildgepeitscht umherflogen. Schwer rollend warfen die Berge ein wildes Anschnauben zurück; hier funkelte der See noch wie flüssiges Metall, dort wandelte er sich hastig in Tinte um, die zuckende düstere Ströme über die Spiegelbahn vorschnellte.

Drunten jedoch im einsamen Einbaum auf der weiten Seefläche hatten Auge und Ohr nichts von dem herantobenden Unwetter wahrgenommen, ehe plötzlich der Mond hinter jagenden Wolken verschwand. Fast zugleich aber auch schon fuhr ein erster Sturmesstoß heulend und aufwühlend in die Wasserruhe hinein; wie aus dem Nichts geboren, bäumten sich schäumende Wellen, warfen das Boot empor und rissen es hernieder. Hagelsturz schlug knatternd auf das Holz, unter seiner Wucht zischte ringsum der See, als werde er mit Feuerbränden gepeitscht; wie Sonnenmittag war's gewesen und nun sternlose Mitternacht. Nur blickeskurz schossen gelbe Schlangen und rote Zacken aus der Luft, blendend und geisterhaft den quirlenden Gischt überhellend. Dann lag alles erloschen, als ob die Augen für immer ihre Sehkraft verloren, und wie Einbruch des Himmelsgewölbes durchkrachte die Finsternis Geschmetter, Gepolter und endloses Umrollen des Donners.

Nicht mehr beherrschbar, ein willenloser Spielball in Wogen und Wind flog das kleine Fahrzeug auf und ab. Markwart hatte Adelhard auf den Boden niedergezogen, trachtete danach, sie gegen den heftigsten Anprall der schweren Eisschloßen zu decken. Halb unbewußt war's ihm vom Mund geflogen: »Ein Gottesgericht!« und ohne sich zu regen, erharrte er den aus jeder hoch aufschnaubenden Welle drohenden Untergang. Auch Adelhard bewegte sich nicht, sie hielt den Arm fest um seinen Nacken, ihren Kopf an seiner Brust. Nur einmal sagte sie leise: »In der Nacht, als du mich zu Seon auf dem See gefahren, träumte mir's so. Nun ist's geworden und ich bin bei dir, mein Arm läßt dich nicht und mich deiner nicht, was kann uns schrecken?«

Brüllend spielten Sturm und See mit dem winzigen Holzstück, schleuderten es gleich einem Rohrhalm durch die Nacht. Doch es war ein Einbaum, aus tausendjährigem Eichenstamm gehöhlt, stark und unzerbrechlich, und er bot dem Aufruhr des Wassers Trotz, wie er einst, von der Windsbraut unerschüttert, in der Erde gewurzelt. So trieb er im tosenden Gewoge dahin. Stunden hindurch, von schimmerloser Schwärze umgeben. Dann allmählich kam westher ein matter Schein zurück, verhängtes Licht des niedergehenden Mondes hinter der dünner sich lockernden Wolkenschwere. Und beruhigter hub der See an, gleich einer erlösten Brust sich in lang ausatmenden Wogen zu heben und zu senken; Hoffnung kehrte in

Markwarts Seele, er faßte das Ruder wieder, und das Boot gehorchte wieder seinem Willen. Der Blick ließ ihn in der Entfernung den tiefschwarzen Schattenriß eines hohen, weitgestreckten Waldes unterscheiden, darauf lenkte er zu. Wohin sie verschlagen worden, wußte er nicht, aber was es sein mochte, das Ufer bot rettende Sicherung bis zum Morgenanbruch. Nun zeigte es sich von einem breiten Schilfgürtel umrändert, knirschend glitt der Einbaum geraume Zeitlang durch die hohen, ausbiegenden Halme, dann stieß er unvorgesehen auf festen Strand. Auf diesen hob Markwart seine Gefährtin hinüber und sagte: »Das Gottesurteil hat geredet; um deinetwillen hat es auch mich begnadet. Nun schreckt die Nacht nicht mehr, hinter mir ist sie vergangen, und du bist die Sonne, die den neuen Tag bringt.«

Tiefernst hatte er's gesprochen, doch freudevoll klang seine Stimme am Schluß auf. Er bückte sich, zog den Einbaum rasch fest ans Land und ergriff wieder die Hand Adelhards.

Nicht mehr ließ sich gewahren, als daß vor ihnen eine mäßige Bodenerhöhung anstieg; dort mußte es trockner sein, als in der feucht andunstenden Uferniederung, um die Reststunden der Nacht zu verbringen, und sie suchten hinaufzugelangen. Es fiel nicht leicht, denn Waldbäume mit dicht verwachsenem Unterbusch sperrten mannigfach den Durchlaß, doch sorglich bahnte Markwart für Adelhard einen Pfad durchs Dickicht. Dann ward es heller, über den Häuptern verschwanden ihnen die dunklen Wipfel, und der fahle Schimmer von der Wolkendecke her verstattete dem Blick, undeutlich den nächsten Umkreis zu erkennen. Auch hier mischte sich Gestrüpp mit engverflochtenem Rankwerk, und hohes Gekraut übernickte senkrecht niederfallende, als schmale, scharfe Felsgrate erscheinende Steinwände. Doch wie die Augen sich gewöhnten, waren es unverkennbar nicht Schroffen und Zacken, welche die Natur gebildet, sondern überwilderte Reste eines großen, langverfallenen Bauwerks von Menschenhand. Hier und dort hob sich noch steilragendes Gemäuer mit Fensterhöhlungen auf, leer emporstarrende Giebelflächen standen gegen die Luft, und zerschartete Öffnungen deuteten Zugänge in lichtlose Tiefen. Eine weite, leblose Trümmerwelt dehnte sich ringsum.

Erstaunt hielt Markwart den Fuß und sprach: »Wo sind wir? Was kann dies sein? Ich kenne nichts von der Art rund um den See.«

Doch er brach das letzte Wort kurz ab, denn sein Blick war von etwas Neuem überrascht. In einiger Entfernung glomm an einem von Efeu umsponnenen Mauerstück ein rötlich züngelnder Schein auf, losch aus und kehrte wieder. Unwillkürlich setzten die Ankömmlinge den Fuß weiter vor, da glühte es ihnen um eine Ecke her entgegen, beim ersten Gewahren die lange vom Dunkel umgebenen Augen mit Blendung beirrend. Dann unterschieden sie ein noch mit drei Wänden erhaltenes und von steinernem Gewölbe überdachtes Gelaß, dem nur die Vordermauer fehlte. Aus diesem Raum kam der Flammenlichtwurf, denn in seinem Hintergrunde brannte auf einer herdartig aus Steinen aufgestapelten Erhöhung ein Feuer, eine gespenstisch schreckhaft anblickende Umgebung überflackernd. Auf eingerammten Pflöcken steckte ungefähr ein Dutzend gelbweißer Totenschädel; sie standen im Kreis, sahen sich mit den leeren Knochenhöhlen der Augen an und schienen zwischen den bleckenden Zähnen der hohlgebogenen Kiefer hindurch unhörbar miteinander zu reden. Vor dem Herd aber bewegte sich etwas, die Gestalt eines schwarzhaarigen, über zerfetzten Untergewändern mit einem Hirschfell bekleideten Mannes. Er schürte das brennende Geäst; wenn er vor das Feuer trat, verschwand der Flammenschein draußen auf dem Mauerstück und kehrte, sobald er sich seitwärts bog, zurück.

Nun fuhr sein Kopf jäh in die Höh' und herum.

Adelhard hatte überrascht: »Putulung!« gerufen, und er stieß aus: »Das war Osila!«

Seine schwarzen Augensterne suchten aufblitzend ins Dunkel hinaus, und mit einem Sprung schnellte er sich ihrem Blick nach vor den Ausgang des zerfallenen Gelasses:

»Kommst du zu mir?«

Da gewahrte er zurückstutzend den Begleiter des Mädchens und starrte ihn, wie betäubten Gehirns, sprachlos an, bis er, seine Besinnung zurückfindend, hervorbrachte: »Was wollt Ihr? Ich kenne Euch, Ihr seid Herr Markwart von der Burg drüben unterm Berg. Was sucht Ihr bei mir?«

Der Befragte hatte verwundert den Namensruf Adelhards gehört und ließ sich kurz von ihr Auskunft erteilen, woher der hier zwischen den Trümmern Hausende ihr bekannt sei. Dann erwiderte er, hörbar hocherfreut, unverhofft für jene solche Unterkunft anzutreffen: »So schüre dein Feuer stärker, daß meine Braut sich trocknen kann, denn wir sind naß von Regen und See. Und gib, wenn du Speise hast, sie zu kräftigen.«

Stumm willfahrte Putulung dem Geheiß, warf Reisig ins Feuer, daß die Flammen hoch aufloderten und holte aus einem Mauerloch einen großen, silberschuppigen Fisch hervor. Allerhand absonderes Ton- und Eisengerät stand halb zerbrochen, rostbedeckt und zerbeult am Boden; in das größte der Geschirre tat er den Fisch und schob es, ihn zu rösten, in die Kohlen. Auf einem rohen Klotz, den er nah an die Glut getragen, saß Adelhard, allgemach von belebender Wärme durchflossen, und gab jetzt der Verwunderung Worte, den ehemaligen Burggenossen von Megling hier zu finden. Halb abgewendeten Kopfes in die sprühenden Scheiter blickend, erwi-

derte er, daß er nicht andere Stätte gewußt, auf der er bleiben kön-
ne, als ihr Vater ihn aus seinem Burgbann verjagt.

Sie fiel ein: »Und du zürnst mir nicht, daß es um mich geschah,
sondern schürst mir dein Feuer und gibst mir Nahrung? Du bist
gut, Putulung.«

Er antwortete scheu: »Ich könnt's nicht, wenn Ihr nicht für mich
gebeten; dann läge ich am Teichgrund von Neureit. Ihr wolltet die
Blumen nicht, und Zwentebold kam über mich, daß er mir das Blut
mit Wahnwitz schlug. Aber heute vergebet Ihr mir, denn Ihr nehmt
die Schüssel aus meiner Hand, Euren Hunger zu stillen.«

Sein Blick achtete sorglich auf die Bereitung des Fisches; Markwart fragte jetzt: »Wohin sind wir denn hier gekommen?« und der
Angesprochene versetzte: »Auf die Au, die einstmals Herrenwörth
benannt gewesen.« Zu einem Ausdruck des Staunens entflog dem
ersteren: »So sitzen wir in den Trümmern des Klosters, das zu unserer Vorväter Zeit hier gestanden und von den Hunnen verheert
worden? Niemand kommt hierher, man spricht um den See, böse
Geister hausen drin.« Gegen Adelhard gekehrt, vermurmelte Putulung: »Nur ein häßlicher, doch Ihr habt gesagt, daß er nicht böse
sei.«

Der Fisch war genießbar zugerichtet, und der seltsame Wirt des
absonderlichen Gastgemaches hob den Rest eines zur Hälfte zerstü-
ckelten Kruges vom Boden. Damit begab er sich fort und als er zu-
rückkam, war das Gefäß mit einer Flüssigkeit angefüllt, die nicht
wie Wasser, sondern rot blinkte. Verwundert fragte Markwart, was
das sei, und Putulung gab Antwort, in einem dunklen Kellerverlies
habe er ein Faß gefunden, das dort unentdeckt und unversehrt seit
der Zerstörung des Klosters liegen geblieben; daraus schöpfe er für
seinen Durst. »So gib meiner Braut davon!« entgegnete der Burgherr erfreut, »sie bedarf eines stärkenden Trunkes nach der Mühsal
und Schrecknis der Nacht.« Zur Seite tretend, nahm der Träger des
Kruges ein Trinkgefäß, einer Schale ähnlich, und schüttete darein;
aber wie er es Adelhard reichte, schauderte sie zurück, denn es war
die Scheitelhöhlung eines Menschenschädels, und der Trunk
glomm darin wie dunkelrotes Blut. Der Darbieter desselben hatte
das Gefäß hervorgenommen, aus dem er zu trinken pflegte; wie er
das Grausen über die Züge des Mädchens gehen sah, kam's ihm

erst, daß er ihren Widerwillen begriff, und er suchte nach einer gehöhlten Tonscherbe, um diese zu füllen. Nun trank Adelhard und nach ihr Markwart. Seit anderthalb Jahrhunderten lag das Faß vergessen drunten in der Tiefe, und der Geschmack ließ den Inhalt nicht mehr als Wein erkennen, er war duftlos, von einer faden Herbigkeit. Doch die erwärmende Kraft, welche die Sonne einstmals in die Traube hineingeglüht, hatte er in sich bewahrt, sie redete aus dem aufsteigenden Not, das die bisher bleichen Gesichter der Trinkenden färbte. Auch von dem einfachen Mahl genossen sie mit Eßlust dazu, und frische Kraft belebte ihnen die Glieder und Sinne. Sie weckte Markwart den Antrieb, die unheimlich-wunderliche Ausstattung des Raumes zu betrachten; absonders geartete, schmalschläfige Schädel mit niedriger, flach zurückgebogener Stirn waren's, die von Pflöcken herabsahen. Nur einer, um den sie im Kreis standen oder hingen, zeigte sich andern Bau's, hochhäuptig und breit an den Seiten ausgerundet; er steckte auf einem höheren Pflock, und es lag etwas in seiner Haltung und seinem Ausdruck, als blicke er geringschätzig auf die Genossenschaft um ihn nieder.

Markwarts Augen hafteten jetzt auf dieser und er sprach: »Solche Totenschädel sah ich noch nie zuvor. Wie kommen sie hierher? Wer sind sie?«

Die schwarzen Blicksterne Putulungs hielten sich unbeweglich gleichfalls auf die Schädelrunde hingerichtet, und eintönig, nicht als erwiderte er die Frage, sondern rede in leerer Einsamkeit laut mit sich selbst, kam ihm vom Mund: »Sie sind nicht mehr, sie waren einmal. Der Wind vom Osten jagte sie wie die Wolken, er brachte sie ins Land, wie die Schrecken, die das Feld zerfressen. Auch über das Wasser schwammen sie und kamen hierher, und Blut troff unter ihnen, und hinter ihnen war Lohe des Feuers. Aber nicht alle schwammen zurück über den See; die da hängen, blieben hier. Sie konnten nicht weiter, denn Schwert und Beil warfen sie hin, und rote Lache floß um sie. Die Tiere des Waldes kamen, ihr Fleisch zu fressen, die Würmer nagten ihr Gebein, und Regen und Sonnenbrand zermürbten es zu Moder. Nur die Schädel waren hart und blieben übrig. Ich habe sie aufgegraben unter Moos und Wurzeln, daß sie als Gesellen bei mir sind. Denn die Lebendigen wollen mich nicht unter sich und ihre Füße stoßen mich weg.«

»So sind es Hunnenschädel?« fiel Markwart, der aufmerksam zugehört, ein. »Aber der dort in der Mitte« – seine Hand deutete – »gehört nicht zu ihnen. Seine Art ist anders, warum hast du ihn über sie gestellt?«

Der Befragte erwiderte im gleichen Ton: »Weil er so über ihnen auf der Klostermauer stand, als er lebte und auf sie niedersah, wie auf rohes Getier. Von besserem Volk war er, von den Herren einer, vielleicht der Abt; sie konnten ihn töten, aber nicht seine Verachtung ihres Stammes, sein Schädel blickt noch ebenso auf sie herunter, wie seine lebendigen Augen, und seine Zähne sprechen statt der Zunge: Ihr waret ekles Gewürm. Ja, Hunnen hießen sie sich, aber die hier im Lande saßen, nannten sie die ›Hunde‹, weil sie garstig waren, rauh von Haaren und lechzend von Gier wie eine Wolfsmeute. Und wer heute von einem redet, der ihr Blut fortträgt, heißt ihn den Hunnenhund.«

Auch Adelhard, obwohl ihre Augen mit schwerer Müdigkeit kämpften, hatte zugehört, und das letzte Wort, wenn es auch gleichmütig wie alle anderen gesprochen worden, traf ihr wie mit bitterem Klang ins Ohr. Unwillkürlich streckte sie ihre Hand aus und sagte: »Vergib mir's, Putulung! Ich war aufgebracht und wußte nicht, was mein Mund tat.«

»Ihr dürft's – Ihr allein! Ich war von Sinnen, daß ich's von Euren Lippen nicht litt.«

Er stieß es hervor, doch faßte er ihre Hand nicht, sondern bückte sich und küßte einen Zipfel ihres Gewandes, wie er's zu Neureit getan, als ihre Fürbitte ihm das Leben geschenkt. Adelhard entgegnete jetzt ablenkend: »Woher weißt du das, was du uns gesprochen?«

»Wir wissen's alle, die noch das schwarze Haar forttragen und drunter das Gesicht von anderer Farbe. Unsere Väter und Mütter – wer's von ihnen war – haben's uns berichtet und sie wußten's von ihren, bis hin zu ihr.«

»Zu ihr? Zu wem?« fragte die Hörerin.

Da er nicht antwortete, fuhr sie fort: »Als ich dich heute anrief, flog dir wieder der Name vom Mund, wie damals auf Neureit. Osila! stießest du aus, als benenntest du mich so. Warum? Ich fragte dich umsonst, so sag's mir jetzt.«

Doch er schüttelte den Kopf und versetzte gegen Markwart gewendet: »Ihr hießt des Pfalzgrafen Tochter Eure Braut. Ist sie Euer Gemahl?«

Das Wort »Braut« besaß noch nicht die spätere feste Bedeutung, sondern mit doppelter konnte es sowohl die Braut als die junge Frau, die Neuvermählte, bezeichnen. Kurz gab der Befragte Auskunft, was seit dem Vorabend geschehen und wie sie hierher gekommen seien; Wesen und Weise ihres nächtlichen Beherbergers flößten ihm Zutrauen ein, die Umstände, unter denen sie hergelangt, nicht zu verschweigen. Nun stand Putulung auf: »So muß Eure Braut eine Weile ruhn, daß sie Kraft zur Weiterfahrt gewinnt.« An einer Wand befand sich eine Lagerstatt aus Moos und trockenen Binsen, darauf häufte er vom Winkel her weiche Schilfblüten und deutete Adelhard den Ruheplatz. Sie folgte willig, denn ihre Lider vermochten sich nicht mehr offen zu erhalten, und wie sie sich kaum hingelegt, fiel sie in festen Schlaf.

Markwart aber blieb, dem seltsamen alten Wein zusprechend, am Feuer sitzen; seine kraftvolle Mannesnatur war von den Mühsalen und Ängstigungen der Nacht nicht ermüdet, vielmehr in gesteigerte Erregung versetzt worden. Auch das Fremdartige seiner Umgebung, wie des einsam darin Hausenden trug noch mehr dazu bei. Er hörte gern auf die eigenartige, schwermütig klingende Sprechweise desselben; ihm war's zuweilen, als komme die Stimme nicht von einem lebendigen Menschenmunde, sondern wie ein Laut aus weiter Ferne oder aus dem Erdgrunde herauf. Er hatte begriffen, daß Putulung von dem fremden Blut in sich trage, das einstmals auch in den abgedorrten Schädeln geklopft, und sein Anblick beließ ihm nicht Zweifel, so mußten die Hunnen ausgesehen haben, als sie gleich Heuschrecken oder wie eine gierige Wolfsmeute aus Osten dahergestürmt waren. Doch von ihrer Art hatte ihr später Abkömmling nur das Äußere bewahrt, nicht die tierische Roheit und Wildheit; an ihre Stelle war bei ihm eine Erkenntnis seiner niedrigen Abstammung und häßlichen Bildung getreten, scheue Demut und ein innerlich-verhaltenes Schmerzgefühl über seine, den um ihn Lebenden widrige Art. Er empfand bitter, daß er ihnen Abscheu einflöße, Widerwillen, ihn zu berühren, die Luft mit ihm zu atmen, das gab sich in seiner Miene und seinem Reden kund.

Doch er erwiderte auf alle Fragen Markwarts, bis diesem bei einem Anlaß etwas ins Gedächtnis fiel, so daß er sagte: »Da du zuvor mit meiner Braut redetest, geriet dir ein Wort vom Mund: Zwentebold sei über dich gekommen und habe dein Blut mit Wahnwitz geschlagen. Ich verstand's nicht, nur daß es ein Mensch gewesen, von dem du gesprochen, denn auch ich kenne einen, der den Namen Zwentebold trägt.«

»Da hütet Euch vor ihm, Herr!« entflog dem Hörer; »er deutet nicht auf Gutes.« Nach einem kurzen Schweigen fügte er hinzu: »Ich weiß, von wem Ihr redet, denn den Namen trägt nur einer mehr im Chiemgau.«

Er stand vom Sitz auf: »Wollt Ihr's wissen, so kommt! Die Jungfrau wird nicht aus dem Schlaf wachen, bis wir zurückkehren.«

Markwart wußte nicht, wozu, doch er folgte der Aufforderung; als er aus dem Gelaß und dem Feuerkreis hinaustrat, sah er, daß die Nacht vorüber war und der graue Morgen zu beginnen anhub. Putulung schritt zwischen den dicht verwachsenen Klostertrümmern hin, dann hob er den Fuß aufwärts. Steinerne Stufen einer einstmaligen Treppe wanden sich noch, in leere Luft ausmündend, an einer Mauer empor, über die der Blick der bis nach oben Hinangestiegenen hinwegging. Da lag als eine bleiche, weite Fläche gen Osten der See vor ihnen, in dem dunkel Nonnenwörth mit seinem eben unterscheidbaren Klostergebäude schwamm und rechts ab gleich einer treibenden Scholle die kahlflache Künzelsau. Markwart kannte beide Inseln wohl, den See umreitend nahm er sie stets gewahr, und aus der Ferne sah er von Markwartstein zu ihnen hinüber. »Was willst du mir weisen?« fragte er seinen Führer.

Der deutete nach Nonnenwörth und entgegnete: »Sie verwandelten die Bäume am Ufer in Flöße und dorthin zogen sie übers Wasser, wie hierher. Und das Blut floß dort in den See, und die Flammenlohe ging über die Insel, wie hier. Doch sie ließen keine Schädel auf ihr zurück, denn die Nonnen wehrten sich nicht mit Schwert und Beil. Sie erstickten in Feuer und Rauch oder suchten umsonst, zu fliehen; so tat's Osila, die schönste von ihnen allen. Und Zwentebold sah sie, der Herzog derer, die an den See gekommen, und sie dünkte ihm köstlicher als Gold und Silber im Kloster, nach dem die andern die Kirche durchwühlten. So jagte er sie, wie ein Wild, das im Wasser schwamm, und sie flüchtete vor ihm auf die Künzelsau, da holte er sie ein. Ihr Haar warf Glanz, als sei es von Gold gesponnen, denn sie war eines Vornehmen Kind, von hochedlem Blut. Und wär's am heutigen Tag gewesen, da wären Knechte ihres Vaters zu ihrer Hilfe herbeigestürzt und hätten den, der sie bedrohte, gepackt und gebunden, und der mächtige Herr hätte geboten: Ersäuft das widrige Tier im See! Aber es hörte niemand auf ihren Hilfsschrei, und Zwentebold fragte nicht, ob er garstig für ihre Augen und ein Abscheu für ihre Lippen sei. Denn ihm und seinem Volk galt sein Blut nicht minder edel als ihres, und er zwang's ihr auf, ob er ihr zum Ekel war oder nicht. Dann ließ er sie und zog mit dem Schwarm weiter wie die Windsbraut, und sein Schädel liegt irgendwo zum Sonnenuntergang hinüber, von Wölfen abgenagt, im Gestrüpp. Doch die Kraft seines Lebens ließ er auf der Erde zurück, denn Osila bewahrte sie und gab sein Abbild der Sonne wieder. Nicht ihr glich's, sondern ihm, nicht dem weißen Lamm, sondern dem gelben Wolf. Und ihre Sippe kam und wollte das schwarze Ding ertränken als ein ekles Gezücht. Aber nicht seines nur war's, auch ihres, und wie man's ihr wegzunehmen trachtete, hielt Osila es mit Mutterarmen fest und wollt' es nicht umbringen lassen. Da stießen ihre Magen sie aus, als eine, deren Blut und Trieb unrein geworden, zum Schimpf für ihre Sippe und ihr Volk. Und sie fand keine Statt mit ihrem Kind irgendwo, als hier in der Wildnis, wo die Toten noch lagen und der Brandgeruch noch überm Schutt. Vielleicht dort im Gemäuer, wo Ihr mich betraft, nährte ihre Brust den Hunnensohn auf, und sie hieß ihn Zwentebold nach seinem Vater, denn seinen Namen hatte der ihr auf der Insel zum Gedächtnis gelassen, wohin ihr Blick von hier hinüberging. Was ihr selbst zur Nahrung gedient, hat keiner gesehen, Wurzeln und Beeren und wohl der Fisch und Muscheln des Wassers, wie mir. Doch der Sproß ihres Leibes wuchs groß, wild wie die Wolfsbrut, von der er abgefallen, und wie sein Vater fragte er nicht, wenn er eine Dirne wehrlos im Busch betraf, ob er ihr widrig sei. Davon stammen sie her, die seine Art noch weitertragen, und sie wissen's von Vätern und Müttern, wie ich. Nicht alle sind sie heut gemeine Knechte, gleich mir; auch edles Blut hat sich mit ihnen gepaart und aus den Raben Raubvögel gezeugt, die im Geiernest horsten. Aber alle heißen sie

Osila ihre Stammmutter, die zu ihnen gehört, denn auch von ihr haben sie empfangen, daß sie nicht zumal abschreckend von Aussehen geblieben wie ihr Ahn. Es sind welche, denen Osilas Vermächtnis Schönheit gegeben, und wo es einem Weibe zugefallen, da bringt's ihm ein, Mannesaugen auch Eures Volkes mit heißem Verlangen zu füllen.«

Putulung schwieg; Markwart aber entflog fast ohne Wissen: »So ist die Bärin im Stein mit ihren Jungen auch vom Hunnenblut – Zwentebold heißt der eine – und daß sie heiße Begehr weckt, für die nicht Gegenwehr ist, hat sie mir bekundet.«

Ein Schreck fuhr über die Züge des Hörers: »Was redet Ihr, Herr? Wäret Ihr im Stein bei Willibirg und widerstandet Ihr nicht?«

Halb verworrenen Sinn's von dem Seltsamen, das er gehört, gab der Befragte Antwort. Es überstürmte ihn, daß er nichts verschwieg; Putulung erwiderte unruhvollen Stimmenklangs: »So sprach ich nicht umsonst, hütet Euch! Besorgt minder des Pfalzgrafen Zorn, als das kochende Blut im Stein! Und um so mehr –«

Er hielt, Markwart anblickend, inne; der letztere fragte: »Was verhältst du?«

»Ob Eure Augen gleich dem Himmelsblau sind – zürnet mir nicht darum – doch aus Eurem Haar spricht mir. Ihr seid auch dorther von der Künzelsau gekommen. Eurer Vormütter eine, die ihr dunkles Gelock Euch fortvererbt. Nur ein versprengter Tropfen ist's aus dem Lebensstrom, den Zwentebold ausgebreitet, aber die Bärin witterte ihn in Euch, das entzündete ihre Begier. Und sie läßt Euch nicht, sie trachtet, Euch in ihre Höhle zurückzubringen, ob Ihr willig seid, oder –«

Der Sprechende brach ab: »Der Tag wird dämmernd, Ihr müßt fort mit Eurer Braut, auf daß Ihr das Ufer drüben noch zeitig erreicht. Laßt uns gehen, die Schlafende zu wecken!«

Markwart kam wortlos der Mahnung nach; er ließ sich leiten, als sei er des eigenen Willens zum handeln beraubt. Wunderlich durchzog, was Putulung gesprochen, ihm Gedanken und Gefühl. Er war anders geartet, als seine Brüder, nicht nach der Haarfarbe allein, auch im inneren Wesen. Das mußte er von seiner Mutter erhalten haben, die schwarzes Haar und dunkelgestirnte Augen besessen. Hatte sie das in Wirklichkeit als Erblaß aus langverschollener Zeit von der kleinen Erdscholle drüben im See her empfangen? Und gehörte er durch sie mit einem Teil seines Blutes der gleichen Abkunft an, wie sein nächtlicher Führer und das bezwingend unbändige Weib, das ihm wider Willen die Sinne überwältigt und ihn ein Jahr lang unter ihre Herrschaft gebunden gehabt? Er begriffs nicht mehr und fühlte doch zugleich auch, es hatte nicht anders geschehen können, über den See kam ein kühler Vormorgenwind und durchschauerte ihm die Glieder, stumm begab er sich abwärts über die alten Treppenstufen zurück. Nur, ehe sie den Feuerraum wieder betraten, richtete er noch einmal die Frage an seinen Begleiter: »Du mußt jenem Zwentebold gleichsehen, als sei er wieder erstanden; wie kommt's, daß du ihm im Gemüt unähnlich geworden, als trügest du nichts von ihm in dir?«

Kurz zögerte Putulung mit der Entgegnung, dann versetzte er: »Wenn ich's nicht in mir trage« – er stockte einen Augenblick, eh' er fortfuhr – »so zweigt's wohl daher, daß ich zu seinem Leib Osilas Sinn empfangen und ein Zwiespältiger geworden, der nicht dem Blut meiner Vorväter mehr angehört, noch dem Eures Volkes.«

Nun kehrten sie unter das erhaltene Gewölbe zurück, und wie mit einer Sinnestäuschung befiel es die Augen Markwarts, daß ihm beim Eintritt war, als sehe er Osila am Boden auf dem Binsenlager zum Schlaf hingestreckt, um sich neue Kraft zu sammeln, das gelbhäutige Kind des Hunnenherzogs großzusäugen. Wie Putulung ihm, so mußte Adelhard ihr an Wuchs und Antlitz, Haar und Augen ähneln, auch ein wiedergekehrtes Bild zwischen den öden Überresten des Klosters Herrenwörth.

Vom Schlaf jetzt erweckt, ob er auch nur kurz gewesen, fühlte sie sich frisch gestärkt, und zusammen gingen die drei an den Einbaum hinab. In diesem stehend, reichte Adelhard die Hand zurück und sprach: »Hab' Dank, Putulung! Das ahnte mir nicht als Kind, wie wir dereinst eine Nacht beisammen verbringen würden. Vergib mir's, wenn ich dir im kindischen Unverstand Leid antat, wie's wohl manchmal geschehen. Könnt' ich's dir einmal entgelten, würd' es mich froh machen.«

Er stand zitternd vom Kopf zum Fuß, der Sprache unmächtig. Doch dann rang er aus der Brust herauf: »Ihr habt mir nicht Leid angetan, denn Ihr könnt's nicht, wie von der Sonne nicht Frost kommt. Nicht von Osila hab ich's empfangen, was in mir nicht gleich dem Hunnenwolf ist, von Euch, als Ihr ein Kind waret, und Ihr duldetet mich bei Euch, und ich durfte tun, was Ihr mich hießt und was Euch freute, daß Ihr lachtet. Und Ihr wuchset auf wie das Bild Osilas vor mir stand aus meiner Mutter Mund, darum hieß ich Euch so. Ihr schuldet mir nicht Dank; aber laßt mich Euch entgelten, was Ihr mir getan. Glaubet mir, Ihr könnt einen Hund gebrauchen auf Markwartstein, der wachsam ist bei Tag und Nacht, daß Euer Glück kein Unheil befährt. Nehmet mich mit dorthin, und mich treffe der Tod, vor dem Ihr mich bewahrt, wenn Ihr reden könnt, daß ich Euer Haus nicht behütet.«

Adelhard tauschte schnell einen Blick mit Markwart, der beistimmend nickte, dann erwiderte sie: »So komm mit uns, Putulung! Mein Bräutigam spricht zwar, es sei eng auf Markwartstein, aber es wird noch Raum darin sein für einen Freund.«

Da fuhr ein Schrei aus seiner Kehle, fremdtönig und ins Mark dringend, wie das Ufer von Herrenwörth ihn seit anderthalb Jahrhunderten nicht mehr vernommen, und mit dem Sprung eines Wolfes schnellte der Hunnenhund sich in den Einbaum hinein.

Im grauen Licht zog das Boot über den still beruhigten See unter den schwarzen Waldwipfeln von Herrenwörth entlang gen Süden dem Gestade zu; noch im Schatten erreichten sie's, doch über ihnen flammten die Felszinnen der Berge schon im Sonnengefunkel auf. Schwierig war zuerst der Weg durch weites versumpftes Moos am Seerand, Markwart hob oftmals Adelhard auf die Arme und trug sie über den brüchigen Boden, sie eilten, denn hierher reichte frei von allen Seiten her der Blick. Aber dann nahm die waldige Anwölbung des heutigen Buchberges sie schützend auf, und weiter stets durch tiefes Tannendunkel gelangten sie gegen Markwartstein. Hier schlich Putulung vorsichtig spähend zu der aus langen Fichtenstämmen über die wilde Ach gefesteten Brücke voran, doch drüben hob sich die Burg in lautloser Ruhe von ihrem Felsenhort, rundum lag kein Waffenknecht von Megling bedrohlich im Hinterhalt. Die Zurückgebliebenen folgten nach, auf den Anruf des Burgherrn senkte die Zugbrücke sich herab, und Markwart hielt seine schöne Braut sicher im trotzigen Schroffen- und Mauerschutz geborgen. Nur kurze Tage verharrte sie noch als solche bei ihm, dann hatte er vom Kloster Högelwörth her einen Gast zu sich entboten, der die Macht besaß, Mann und Weib zum unlöslichen Bande auf Erden und im Himmel zu vereinigen und der seine geistliche Befugnis übte, ohne nach der Beipflichtung anderer zu fragen, als der beiden, die er vermählte. Denn er stand nicht unter dem Gebot eines weltlichen Herrn, keine Satzung schrieb ihm anderes vor, als eigenes Bemessen seiner Amts- und Gewissenspflicht, und Markwart kargte nicht mit reichlichem irdischem Entgelt zugunsten des Klosters. An dem Tag aber verließ Putulung die Burg und stieg durch den tiefen Felswald über ihr hinan, mühevoll, manche Stunden lang, bis er auf freien Mattenhang und weiter empor zu der hohen Felskuppe hinankam, die ihre Seitenlehnen gleich den Flügeln einer Riesenfledermaus ausspannte. Dort in der leeren Einsamkeit über der unermeßlichen Weite zu seinen Füßen lag er windummurrt im Abendlicht des Tags und im Mondglanz der Nacht und hielt den Blick auf den kleinen, dunklen Fleck hinuntergerichtet, als welcher die Künzelsau in der silbern hingebreiteten Fläche des Sees erschien. Kein Schlaf kam in seine Augen, bis die Sonne, im Osten über den Gesichtsrand steigend, sie blendend anfunkelte. Da begab er sich wieder gen Markwartstein hinab, wo niemand ihn beim freudvollen Hochzeitsfeste vermißt hatte, und auch am Morgen danach war es den Jungvermählten nicht aufgefallen, daß sie ihn nicht gesehen noch in den Sinn geraten, zu fragen, wo er sein möge.

So hatte Markwart sich vor geistlicher und weltlicher Satzung ein Recht erworben, sein junges Ehgemahl gegen jeden Versuch, ihm dies wieder zu nehmen, auf Tod und Leben zu verteidigen, und wachsam hielt er seine Burg bei Tag und Nacht vor einem Überfall gesichert. Doch diese Besorgnis erwies sich bald als unnötig. Wie dem Pfalzgrafen Kuono Kunde von der Vermählung seiner Tochter geworden, nahm er von einem Unterfangen, sich ihrer zu bemächtigen und ihre Ehe gewaltsam zu trennen, Abstand. Zwar sein Zorn flammte hoch, und auf eine bittende Zuschrift Adelhards, ihr zu verzeihen, da sie nicht anders handeln gekonnt, ließ er ihr eine Absage ausrichten, daß er sie nimmer mit Augen sehen wolle, ihr das väterliche Erbe entzogen und sie aus seinem Gedenken ausgelöscht habe. Er war zu bitterlich in seinen stolzen Hoffnungen und Entwürfen gekränkt worden, aber seine Tochter wußte, im Innersten barg er doch eine unaustilgbare Liebe zu ihr, auf die er sich zurückbesinnen werde, wenn die lodernde Heftigkeit seines ersten Grolles allgemach verrauche. Das erharrte sie mit sicherer Zuversicht, und wenn auch seine gegenwärtige Abkehrung von ihr noch einen Schatten bildete, der kühl von der heimatlichen Burg im Norden auf sie herüberfiel, so konnte er doch die Wärme, den Glanz, die leuchtende Schönheit des Sonnentags, der sie umfloß, ihr nicht mindern.

Denn obwohl nur wenigen zu jenen Tagen ein flüchtiger Einblick in die vertrauten Gemächer des Burgherrn und seiner jungen Burgfrau verstattet gewesen sein mag, geben doch Niederschriften aus der Zeit Kunde von einem wundersamen, wie aus alten Märchen heraufklingenden Glück, das seinen Einzug in Markwartstein gehalten. Die Botschaft davon flog weitum durch die Lande, und Sänger verherrlichten die »saelde« der Vermählten und den tugendsamen Liebreiz » *Vrouwen Adelhards*« in Liedern. Klein und bescheiden lag die Burg auf ihrem felsigen Anstieg, dunkelumwaldet im noch wild-einsamen Talschoß, doch die darin hausten, dachten nicht daran, nach Prunk und Reichtum von Megling, noch nach anderer Gesellschaft als ihrer eigenen zu begehren. Wenn aber sie hinaustrachteten, so stand's ihnen offen, an den See und in die Weite zu reiten, wohin sie's gelüstete, denn der Unwille des Pfalzgrafen gefährdete ihre Freiheit nicht. Stets, ob Markwart allein oder mit

Adelhard ausritt, geleitete ihn Putulung, mit Schwert und Speer gewaffnet. Doch eine vornehme Rüstung, die der junge Burgherr ihm ausgewählt, hatte er nicht gewollt, sondern trug nur die eines gemeinen Knechtes, Brust und Gliedmaßen mit schlichtestem Eisenkoller und Schienen überwölbt. So hielt er sich, niemals fehlend, neben Markwart, so oft dieser davonzog, bis die Zugbrücke sich wieder vor dem Heimkehrenden niederließ. Unter der Eisenkappe aber gingen die schwarzen Augensterne Putulungs rastlos spähend umher, den Weg voraus und zu den Seiten, aufwärts am Berghang und in die Schluchttiefe nieder. Man sah, ihrer achtsamen Schärfe entrann nichts, kein leisestes Regen im Waldgezweig, kein mattester Schimmer im Dunkel der Schatten. Auch zur Jagd in die Berge hinauf begleitete er seinen neuen Herrn, als ein unbeirrbarer Künder und Deuter des erspürten Wildes, denn jeder Laut, den kein anderes Ohr vernahm, zog ihm lauschend und forschend den Kopf in die Richtung des leisesten Geräusches herum.

Eines Tages, als Markwart mit seinem Geleit über den alten Römersitz Grabenstätt gen Chieming geritten, begegnete ihm auf der Straße ein Reitertrupp, der ihn begrüßte und anhielt. Seine Brüder von Baumburg waren es; sie hatten ihn seit manchen Monaten nicht mehr gesehen, beglückwünschten ihn zu seiner Vermählung und hehlten nicht eine Schadenfreude dabei, daß er ihrem hochfahrenden Sippengenossen, dem Pfalzgrafen, damit einen tüchtigen Verdruß zugefügt habe. Doch er tauschte nur ein flüchtiges Wort mit ihnen und gab Eile vor, die ihn fortnötige. Als er am Abend heimkehrte, nahm Adelhard zum erstenmal einen Schatten auf seiner sonst immer unbewölkt heiteren Stirn gewahr, so daß sie fragte, was ihn verdrossen habe. Er antwortete: »Nichts,« und als sie meinte, es müsse doch etwas sein, schlang er die Arme um sie: »Ja, daß ich so töricht war, auszureiten, statt bei dir zu bleiben und deine Lippen zu küssen.« Da lachte sie, schalkhaft und selig zugleich, unter ihrer Hand, die über seine Stirn glitt, zerging spurlos das Wölkchen, und sie versagte ihm nicht, was sie nicht minder begehrte, als er. Mit braunen Blättern begann draußen der Herbst die Laubbäume zu färben, doch auf Markwartstein blühte der Frühling holdselig wie an einem ersten Junitag.

Da ist Herr Markwart an einem Oktober-Frühmorgen von Markwartstein in die Berge hinaufgestiegen. Heimlich hat er sein junges Gemahl noch schlafend verlassen, denn in der Nacht hatte ihre Stimme ihn geweckt und im Traum von einem zwölfzackigen Hirschgeweih gesprochen, nach dem ihr Wunsch stehe, um es mit Gold zu überziehen, wie sie als Kind auf Megling ein solches in ihrer Kammer gehabt. Und lächelnd ist Herr Markwart mit einer Armbrust davongegangen, doch der Mittag gekommen, ohne daß er heimkehrt, und der Abend und die Nacht.

Wie's so geschehen, zogen sie mit Fackeln von der Burg aus, nach ihm zu suchen. Umsonst; doch als das Morgenlicht angebrochen, fand Putulung ihn auf. Nach Osten unter dem Fledermausberg stieg ein Waldkegel empor, von einem Fels gekrönt, dem die Umwohner drunten am See den Namen »Hohenstein« gegeben; an seinem Fuß hatte ein Ausroder sich angesiedelt und ein ärmliches Gehöft erbaut, das »Egerndach« benannt ward. Der glaubte, in der Frühe des vergangenen Tages droben einen Aufschrei gehört zu haben, und gesellte sich dem Suchenden bei. Sie drangen bis zum Gipfel unter dem Felsen, da stießen sie auf einen verendeten Hirsch mit zwölfzackigem Geweih, und unfern von ihm lag Markwart am Boden ausgestreckt, als ob er schlafe. Doch er schlief nicht, er war tot. Der Bolzen einer Armbrust hatte ihm den Oberkörper durchbohrt, drang mit der Eisenspitze am Rücken hervor. Und wie Putulung ihm das Wams öffnete, klaffte vorn noch eine andere, breite Wunde, die Brust des Toten war aufgeschnitten und in ihr fehlte das Herz.

Als sie ihn zu Adelhard nach Markwartstein getragen, stieß ihr Mund nur einen einzigen Aufschrei aus: »Du hast ihn nicht behütet!« Dann fiel sie selbst wie leblos über der Leiche zusammen. Blutlos weiß aber gleich dieser ward das Gesicht Putulungs, als starre unter seinem schwarzen Haar auch der Tod hervor.

In der ersten verworrenen Bestürzung glaubte man, Ausgesandte des Pfalzgrafen hätten den Mord vollführt; nur einer dachte anderes, wußte, was keiner gesehen. Dann wurde Unglaubhaftes ruchbar, die Zwillinge vom Stein hätten sich der Bluttat gerühmt. Markwart sei der Geliebte ihrer Mutter gewesen und sie habe ihnen geboten, ihn zu töten, ihm das Herz auszuschneiden und ihr in die Höhle zu bringen.

Was Frau Adelhard davon vernommen, berichtet die Überlieferung nicht, nur daß sie sich binnen kurzem mit ihrem Vater versöhnt, die Burg Baumburg käuflich erworben und dieselbe in ein Nonnenkloster umgewandelt, in das sie sich aus der Welt hineingeflüchtet, um ihr Leben darin zu enden. Dort ist sie auch begraben worden, und die Kirche birgt noch den Gruftstein mit ihrem Bildnis.

Dem neu erstehenden Kloster nach Südosten gegenüber aber verwandelte sich noch anderes. Eines Tages fand man Cadaloh und Zwentebold de Lapide unter der Felswand ihrer Burg zerschmettert drunten in der Traun; sie lagen fast Leib auf Leib, als seien sie nebeneinander vom Rande des Steins abgestürzt. Doch zeigten sich beide in gleicher Weise schon vorher zu Tode verwundet; die Eisenluke des Zugangloches stand offen, daraus mußten sie, vermutlich in Abständen nacheinander hervorgekommen, jählings von einem im Rückhalt harrenden Speer durchbohrt und danach in die Tiefe geschleudert worden sein. Dann war der Täter offenbar durch die Felsöffnung in den Stollen zur Hauptkammer der Höhlenbehausung niedergedrungen, und vieles wies, daß in ihr ein furchtbarer Ringkampf stattgefunden. Augenscheinlich hatte Willibirg sich mit dem Aufgebot aller Stärke gegen einen plötzlichen Überfall zur Wehr gesetzt, doch ihr Angreifer war von noch wilderer Kraft und Wut gewesen als sie. Zu Stücken zerfetzt, herabgerissen im Ringen, lag ihr Gewand umher und sie selbst in prachtvoller Nacktheit auf dem Fellager der Felsennische hingestreckt, von Händen, die sich übergewaltig um ihre Kehle zusammengekrallt, erwürgt.

Damit losch das Geschlecht aus, das im Stein über der Traun gehaust, und manches Jahr blieben seine Höhlen verödet, bis sie neue Bewohner erhielten, die sich »vom Stein« benannten. Auch die starben mit dem Ausgang des zwölften Jahrhunderts hin, und ein Zweig des alten Chiemgaugeschlechts der »Törringe« geriet in den Besitz der Burg: doch sie verlor den Schrecken ihres Namens dadurch nicht, sondern erhöhte ihn eher noch mehr. Denn die blutigste und grauenvollste Überlieferung von ihr heftete sich aus dem dreizehnten Jahrhundert an den Namen des Raubritters Heinrich de Törring, den der Volksmund »Heinz vom Stein« benannte.

Am Abend des Tages aber, der »die Petzin mit ihren Jungen« nicht mehr atmend liegen sah, zog für einen Blick droben vom Gipfel des Fledermausberges – den »Hochgern« hieß man ihn später, vermutlich den »Gehren«, den Keilförmigen – ein winziger Punkt über den Chiemsee. Der Einbaum war's, den Markwart von Markwartstein sich an der Ausmündung der Ach im Weidendickicht verborgen gehalten, darin saß Putulung und ruderte über das schweigende, dämmernde Wasser. Er schien das Fahrzeug gegen Herrenwörth hin zu richten, doch in der Mitte des Sees hielt er, das Ruder einziehend, inne. Seine Hand griff an den Boden und hob etwas Schweres mit Mühe herauf, und sein Arm zog danach Kreise um seinen Hals. Dann klatschte plötzlich das Wasser neben dem

Boot unter schwerem Sturz und der Einbaum war leer. Die Wellen dehnten sich in Kreisen von der Stelle aus, an der Putulung verschwunden. Wie ein Fischotter hatte er oftmals in der Alz am Grunde geschwommen, und sein schwarzer Kopf mußte wieder aus der Tiefe emportauchen. Aber er kam nicht mehr herauf, denn wie ein Hund, den man ersäuft, weil er unwachsam und untreu gewesen, trug er an festem Strick ein großes Felsstück um den Hals geknotet, das ihn nicht wieder in die Höhe steigen ließ.

Von leisem Abendwind bewegt, trieb der herrenlose Einbaum dahin. Das Kloster von Nonnenwörth spiegelte sein graues Gemäuer im See, und davor schwamm die Künzelsau, von gleichem rotem Licht des Sonnenunterganges beglänzt, in dem hilflos einst Osila über die kleine Erdscholle vor ihrem wilden, schwarzmähnigen Verfolger hingeirrt war. Friedlich glättete die kurz bewegte, glimmernde Wasserstelle sich aus, und in ewiger, gleichmütiger Ruhe sahen die rotglühenden Felskronen der hohen Berge auf den Chiemsee herab.

Im Weltkrieg auf K.-Papier gedruckt.

Über tredition

Eigenes Buch veröffentlichen

tredition wurde 2006 in Hamburg gegründet und hat seither mehrere tausend Buchtitel veröffentlicht. Autoren veröffentlichen in wenigen leichten Schritten gedruckte Bücher, e-Books und audio-Books. tredition hat das Ziel, die beste und fairste Veröffentlichungsmöglichkeit für Autoren zu bieten.

tredition wurde mit der Erkenntnis gegründet, dass nur etwa jedes 200. bei Verlagen eingereichte Manuskript veröffentlicht wird. Dabei hat jedes Buch seinen Markt, also seine Leser. tredition sorgt dafür, dass für jedes Buch die Leserschaft auch erreicht wird.

Im einzigartigen Literatur-Netzwerk von tredition bieten zahlreiche Literatur-Partner (das sind Lektoren, Übersetzer, Hörbuchsprecher und Illustratoren) ihre Dienstleistung an, um Manuskripte zu verbessern oder die Vielfalt zu erhöhen. Autoren vereinbaren direkt mit den Literatur-Partnern die Konditionen ihrer Zusammenarbeit und partizipieren gemeinsam am Erfolg des Buches.

Das gesamte Verlagsprogramm von tredition ist bei allen stationären Buchhandlungen und Online-Buchhändlern wie z. B. Amazon erhältlich. e-Books stehen bei den führenden Online-Portalen (z. B. iBookstore von Apple oder Kindle von Amazon) zum Verkauf.

Einfach leicht ein Buch veröffentlichen: **www.tredition.de**

Eigene Buchreihe oder eigenen Verlag gründen

Seit 2009 bietet tredition sein Verlagskonzept auch als sogenanntes "White-Label" an. Das bedeutet, dass andere Unternehmen, Institutionen und Personen risikofrei und unkompliziert selbst zum Herausgeber von Büchern und Buchreihen unter eigener Marke werden können. tredition übernimmt dabei das komplette Herstellungs- und Distributionsrisiko.

Zahlreiche Zeitschriften-, Zeitungs- und Buchverlage, Universitäten, Forschungseinrichtungen u.v.m. nutzen diese Dienstleistung von tredition, um unter eigener Marke ohne Risiko Bücher zu verlegen.

Alle Informationen im Internet: **www.tredition.de/fuer-verlage**

tredition wurde mit mehreren Innovationspreisen ausgezeichnet, u. a. mit dem Webfuture Award und dem Innovationspreis der Buch Digitale.

tredition ist Mitglied im Börsenverein des Deutschen Buchhandels.

Dieses Werk elektronisch lesen

Dieses Werk ist Teil der Gutenberg-DE Edition DVD. Diese enthält das komplette Archiv des Projekt Gutenberg-DE. Die DVD ist im Internet erhältlich auf **http://gutenbergshop.abc.de**